# 人生の並木道

## ハンセン病療養所の手紙

川﨑正明
*Kawasaki Masaaki*

編集工房ノア

「人生の並木道―ハンセン病療養所の手紙」　目次

I

装幀　森本良成

# I

# 人生の夕焼け

今年（二〇一五年）一月に、東村山市と多磨全生園自治会が発行した『いのちの森に暮らす——ハンセン病療養所多磨全生園のいま』を、園内にあるキリスト教の秋津教会から頂いた。二人のプロのカメラマンが、全生園の四季の風景を撮影した写真集で素晴らしい。

私は八年前から毎月一回、秋津教会の礼拝のお話しを依頼されて大阪から通っている。この間、カメラが好きな私は園内のたくさんの風景を撮影した。桃、桜、菜の花、椿、紫陽花、百合、葵、萩、木蓮、山吹、山茶花、コスモス、木瓜《ぼけ》、菊など、園内を歩いているといろいろな四季折々の花たちに出合う。園内で好きな場所は「資料館通り」と呼ばれている桜並木と「さくら公園」で、ここは市民のお花見のスポットとして、毎年自治会も協力して入所者と市民の交流の場となっている。

毎回土曜日の夕刻に、バス停の「ハンセン病資料館」で降りて、教会の藤田謹三さんに迎えられ、この桜並木のトンネルを通って面会人宿舎に向かう。昨年一月十二日、夕刻迫る桜並木を歩いている時、その枝越しに茜色に染まる夕焼けを見た。すぐにデジカメを取り出しその風景を撮影した。春の満開や秋の枯れ葉の並木道とは違った美しい風景だった。有名な中村雨紅作詞の童謡「夕焼け小焼け」を思い出した。

夕やけこやけで
日が暮れて
山のお寺の鐘がなる
おててつないでみなかえろ
からすといっしょにかえりましょう

解説によると、一九一九（大正八）年につくられたこの詞の背景に、雨紅の故郷・東京府南多摩郡恩方村（現・東京都八王子市）の生家の近くにある「夕やけ小やけふれあいの里」の「夕焼小焼」というバス停があったそうである。きっと夕焼けが美しい場所だったのだろう。「からすといっしょに」という歌詞が、全生園にたくさん棲んでいるカラスの鳴き声と重なった。

そう言えばこのカラスたちは、園内の教会やお寺のある宗教地区の南に当たる西梅林の辺りに棲みついていて、彼らはいつも元気である。その一隅に「望郷台」と呼ばれた築山がある。ここは全生園が開設（一九〇九年）されて十六年後に、逃亡防止のために掘られた堀の残土を患者たちが積み上げて造ったと言われている。当時は「築山に登ると、所沢街道を往きかう人や車、そして富士山や秩父の山並みも見え、患者たちはここから故郷を眺めて家族を思い、人知れず涙を流した」（多磨全生園入所者自治会発行『ハンセン病Q＆A』四〇頁）。

「望郷台」で思い出す人がある。全生園に二十歳の時に入所し、九年間在住した詩人・東條耿一《とうじょうこういち》（一九一二〜一九四二）である。彼は園誌『山桜』に多くの詩を書き、一九三七（昭和十二）年には「望郷台」「舞踏聖歌」「夕雲物語」などを発表している。「夕雲物語」で、全生園の望郷台に立って、西の空に見える夕雲に天国に行ったお父さんの姿を重ねて泣きだした少女（蟻子）の姿が哀しく美しく描かれている。

「ある日、望郷台へのぼって西の空いっぱいに流れてゐる夕雲を見ていると、雲の形が様々に変わってゆくので、すっかり面白くなって見惚れてゐた……」。その夕雲が人の顔に変わった時少女は、「お父さんだ、と叫んで、まがった指も伸びてしまふほど空いっぱいに両手を上げた」。しかし、その顔はすぐに雲の中に隠れてしまう。望郷台から見た夕雲が織りなすドラマが、少女の人生を象徴している。

夕焼け（夕陽）は、最近の私の日常風景となっている。昨年二月、西宮市から大阪府豊中市に転居したが、この辺りは一九七〇年の大阪万博の時に竹藪を開発してできたマンション群。自室の窓から竹藪とマンションをシルエットに、遥か神戸の六甲山の向こうに沈む夕陽が実に美しい。

この地球上には夕陽の名所がいくらでもあるが、太陽と地球の出合いが演出するこの風景に、私たちはいつも感動する。夕陽は一日の終わりを告げる現象だが、同時にそれは「日はまた昇る」（アーネスト・ヘミングウェイ）明日への希望の光でもある。

一昨年八月、高松市の国立療養所大島青松園で亡くなられた詩人・塔和子さんの「夕映え」（詩集『今日という木を』）という詩を思い出している。

私の人生は
朝も過ぎ昼も過ぎ
夕日のいまだ照っているような
しばらくで
どこからか
元気を出して元気を出してと
はげましてくれているような
そう
元気でいたいほんとうに元気でいたいと
足の痛いのをがまんして
そんな言葉を
つぶやくこの日頃
それでも
あなたはまだ若いと言われれば

その気になり
ひそかに喜んだりして
人とは
なんと他人の言葉に左右されやすいものだろう
そして
つつがなく生きた今日すてきな
夕映えを見て
終わりのときはあのようにありたいと
ひたすらに希う
私です

大島青松園がある瀬戸内の夕陽は美しい。この島で七十年を生きた塔さんの胸には、いつも素敵な夕陽が映っていたのだろう。ハンセン病療養所の入所者の平均年齢（八十四歳）を聞くと、今まさに人生の夕焼けの風景を想う。そして、全生園の桜並木の枝越しに見た美しい夕映えの彼方に想いを馳せた。

瀬戸内の夕陽（撮影／大島青松園・脇林清）

＊

「多磨」誌に連載することになったエッセイ「人生の並木道」とは、かつて歌手ディック・ミネがうたった歌のタイトルの借用である。古賀政男の名曲だが、この歌が発表された一九三七（昭和十二）年は、私の生まれた年で、美空ひばりや加山雄三が生まれ、日中戦争勃発の年でもある。何とも古い歌だが、四番の歌詞が好きである。

生きてゆこうよ希望に燃えて
愛の口笛高らかに
この人生の並木道

希望を語る言葉は、七十八年の時空を超えても変わることはない。

（「多磨」２０１５年９月号）

# 人生の階段

私は毎月一回、東村山市にある国立療養所多磨全生園にあるキリスト教の秋津教会の礼拝説教の応援に通っている。大阪府豊中市に住む私にとって、ＪＲ新幹線と在来線を利用し、多磨全生園までの所要時間は片道約四時間半を要する。その順路は、新大阪駅↓品川駅（乗換）↓山手線・池袋駅（乗換）↓西武池袋線・清瀬駅↓西武バス「ハンセン病資料館」下車というルートになる（ただ、帰途は教会の藤田謹三さんにＪＲ中央線・荻窪駅まで車で送って頂く）。

今ではもう慣れたが、脚が不自由で特殊な杖をついている私には、二回の駅での乗り換えが大変だった。改札口とプラットホームをつなぐ階段を使用せざるを得ないことのリスクがあった。もちろんエスカレーターやエレベーターを利用するが、その場所に行くまでの距離がある。例えば、品川駅でエスカレーターに最も近い車両のひとつが6号車であることが最近分かって、必ずその車両の座席を予約する。

ただ問題は、池袋駅から西武池袋駅への乗り換えである。駅の地下にある中央改札口を出てから西武線に行くまで、地下のコンコースの雑踏の中を泳ぐようにして必死に歩く。エレベーターがあると聞いたが、そこに行くまでの距離を思うと、どうしても階段を利用するしかない。骨折の後遺症のために、階段の歩行は「二足一段」（両脚を揃えてから次のステップを踏む）と決められている。実はこの階段歩行には特別なトラウマがある。

二〇一三年二月に、段差に躓いて右大腿骨骨幹部を骨折。手術と厳しいリハビリを経て退院直前に階段歩行の訓練をしている時に、患部を補強したプレートが折れて、全部やり直しの大手術とリハビリを繰り返し、結局二二二日間（七カ月半）もの入院を余儀なくされた。現在の術後の状態は、骨の中に入れた髄内釘《ずいないてい》の他に、プレートと四本のワイヤー、六本のボルトで固定されている。レントゲン撮影のフイルムを見ると、東京タワーの骨組みのようで、これを見た友人は「まるでサイボーグのようだ」と言った。

池袋駅の階段を上る度に、脚のリスクを抱えた自分の現実と向き合っている。この状態を受け入れて歩くしかない自分の人生。ものは考えようで、二足一段でもまだ歩けるじゃないか。しかもその歩行は、秋津教会の礼拝に行くという目的を持っているのである。

階段とは高さの異なる所への上り下りのために作ったひとつの通路であるが、同じような意味合いで「梯子」も二つの個所をつなぐ道具として用いられる。はしごの「はし」は同源の「はし（階）」で、離れたところをかけ渡す意味がある。

旧約聖書の創世記という文書の中に、イスラエル民族の祖先の一人と言われるヤコブという人の物語がある。狡猾なヤコブが兄エサウを裏切ったことで、兄の殺意から逃れるために野原に旅立つ。その途上でヤコブは、梯子が地上に立っていて、その頂が天に達し、神の御使い（天使）が上り下りしている不思議な夢を見た。有名な伝説「ヤコブの梯子」という物語である。ヤコブの傷ついたこころ、兄を裏切った悔いと反省、神から見放されて逃亡している自分の姿。深い挫折の中にあったとき、天使（神）が降りてきてつながりを促し傷心のヤコブを見捨てない、夢に見た梯子はそのことの象徴だった。十七世紀のオランダの画家レンブラントは、そのような宗教的な神々しさ、荘厳さを表現するために強い光線を描いたが、それを「レンブラント光線」というそうである。天と地が光によってつながっている状況を描いたのであろう。

国立療養所大島青松園にあるキリスト教会（霊交会）代表の脇林清さんは、プロ並みのカメラマンで、大島から見た瀬戸内の美しい風景を撮影しておられる（16頁写真）。特に朝日、夕陽の撮影が多く、「レンブラント光線」のような光景が素晴らしい。同じく同園の入所者であった詩人の塔和子さんが詠んだ作品の中に「きざはし」という詩がある。

きざはし

ざせつではない
階段なのだ
私がてらしたのは
この世のくらしにおごる人ではない
完璧なあなただ

ざせつしたのではない
いまはあなたへのきざはしにひれふして
きびしく鞭打たれる試練のときなのだ

人は笑う
私の生の不器用さを
でもやっぱり挫折したのではない
あなたによって不器用になれる自分を
愛せるのだから

手をかして下さい
十字架の上であなたが
父なる神をお呼びになったように
いま私も
あなたを呼んでいるのです

此の世のことを捨てきれない私は
あなたにてらしてなんと弱く

なんと小さいのでしょう
でもやっぱり挫折したのではない
あなたにてらすときだけ
私はみにくく愚かです
その寛大な愛にてらす故
その清らかな美にふれる故

おおそれは
一段高いあなたへのきざはしに
手をかけた
私の貧しい誕生です

（詩集『分身』より）

塔さんはこの詩を作る五年前の一九六四年（三十五歳）に洗礼を受けている。醜く愚かで、この世のことをすてきれない自分、生の不器用さ、そのありのままの姿で、必死に神を呼び、目の前に差し出された神への「きざはし」（階段）に手をかけているひとりの求道者の姿がある。
私はそういう人の生き方が好きである。杖をついて汗だくになって、池袋駅の階段を上りながら、これは自分の人生の階段を上っている姿なのだと思っている。そして、階段の向こうに見える西武池袋駅の改札口に向かって、七十八歳のサイボーグ人間は、ひたすら歩き進むのである。

（「多磨」２０１５年10月号）

# 夕菅の香り

今年（二〇一五年）八月、国立療養所栗生楽泉園《くりゅうらくせんえん》（群馬県）在住の藤田三四郎さんから、著書『夕菅《ゆうすげ》の祈り』が送られてきた。藤田さんの十六冊目の著書で、発刊の度にいつも贈ってくださっている。私の本棚には「藤田三四郎コーナー」があり、これで十四冊が並ぶこととなった。

藤田さんは今年で八十九歳、昭和二十年の終戦の年に十九歳で栗生楽泉園に入所された。長い療養所生活の中で多くの人々との出会いと交流があり、「出会う人はみな恩師」「私の孫は千人を超す」と言われ、その信望が厚い。私はそんな藤田さんを三つの言葉で表現している。

一つは「闘う人」――園の自治会長としての活動。昭和三十五年から現在まで五十五年間も活動が続いている。この度の本のサブタイトルに「偏見と差別解消の種を蒔く」とあるが、入所者の先頭に立って人権回復の闘いを続けて来られた。その活動記録が綿密に本の中に記録されている。

二つ目は「祈る人」――園内にある日本聖公会聖慰主教会の信徒として、「外なる者は破れても内なる者は日々新たなり」との信仰に生きるキリスト者である。

三つ目は「表現する人」――文学をこよなく愛する人で、詩、散文、川柳などの作品が優れている。

「夕菅の祈り」というタイトルも、藤田さんならではの文学的表現であり、その豊かな心情が溢れている。これまでの著書のタイトルに使われた花と植物は、「マーガレット」「水仙」「月見草」「麦」「白樺」「落葉」「クロッカス」「合歓の木」と続いている。夕菅の花について調べてみた。

夏の夕暮れに開花して芳香を放ち、翌朝には萎む高原や田畑に自生する花。その姿はくっきりとして綺麗なレモンイエローで、花言葉は「麗しき姿」。ワスレナグサ科（ユリ科）の多年草で別名を「黄菅《きすげ》」という。その学名はギリシャ語で「ヘメロカリス キトリナ」で、「ヘメロカリス」は「ヘメラ」（一日）と「カリス」（美）が語源となっている。

高知県香美市の広報の文芸欄に「夕菅や一夜かぎりの花明り」と詠った句があった。なるほどこの花は一夜で萎むことから、短命、哀れ、はかなさというようなイメージがある。

しかし私は、そのようなネガティブな表現ではなく、逆に「与えられた一日のいのちを美しく、一生懸命に生きる」という意味に解釈した。新約聖書マタイによる福音書の「山上の説教」で、イエスが「野の花を見よ」（マタイ六章二十八節）と言って、いのちの尊厳を教示された言葉とつながる。藤田さんはきっとそのような思いで、今日一日を懸命に生きている「いのちの証し」として、この書を紡がれたと思った。

二〇一三年の七月、私は大腿骨骨折のリハビリのために大阪府箕面市にある千里リハビリテーション病院に入院していた。七月中頃だったか、二階の私の病室から隣の棟に移る渡り廊下の隅に、鉢植えの桔梗《ききょう》が置かれていた。療法士から同じ病棟にいる高齢の女性患者がお世話していると聞いた。鉢の側に「〈水やり朝一回〉水やりをした人は、〈終わり〉のカードを立てましょう」と書いてあった。やがて白色、桃色、青紫色の三色の花が咲き、横を通る患者たちの癒しになった。しかし、開花した花の側にある次の蕾がなかなかひらかない。私は毎日、「なぜ、蕾はひらかないのか」と、いわば焦りと不満のような気持ちを抱いて横を通っていた。お世話している方に聞くと「肥料が足りないのです。ホームセンターのコーナンに行けば、キキョウ専用の肥料を売っているのですが、買ってもらえる機会がないのです」と言われた。

そこで私は友人に頼んで肥料を買ってきてもらった。ところが友人は気を利かして、咲いているキキョウも買って来たのである。私はちょっと何かが違うと思った。開花しない蕾を咲かせたいと願っているその方は、既に開花したキキョウを見てどう思われるだろうか。その日の夕食時にこのことを聞いてみると、彼女は「有り難うございました。咲いたキキョウの花も美しく、とても嬉しかったです」と言われた。そのとき私は、塔和子さんの「蕾」という詩を思い出していた。

最も深い思いをひめて
最も高貴な美しさをひめて
最も明るい希望をひめて
　　蕾はふくらんでいる
明日へ
明日へ

静かにふくらみは大きくなる
こらえ切れぬ言葉を
胸いっぱいにしている少女のように

つつましいべに色を
澄んだ空間にかざし
ボタンの蕾がふくらんでいる

（詩集『私の明日が』より）

私は桔梗が「なぜ咲かないのか」と消極的に見ていた。ところが塔さんの詩を読んで「蕾はなかなかひらかないが、それは咲こうとして一生懸命頑張っている姿なのだ」と思いなおした。同じ状況を逆に見直してみたのである。そこには、生きようとする花のいのちがある。そして私は、その花の蕾にリハビリに励む自分と患者たちの姿を重ねた。果してどこまで回復するのか、不安もあるけれど、きっと明日へとふくらむ希望の蕾なのだと。病院の渡り廊下の一隅に咲いた小さなドラマだった。

『夕菅の祈り』の冒頭に、「八月十五日を忘れてはならない」という題の詩が載っている。

八月十四日の夕方　夕菅の花が開き
夜休むことなく平和を祈り続けた

八月十五日朝起きてみると花は散っていた

六十九年前　同期生は沖縄戦で戦死した
西の空から水を飲ませてくれと声がした
私が水を飲ませてやると
美味の声が聞こえてきた
今日は敗戦記念日だ

お前はなぜ生きているのかと

同期生の声がした
自分はハンセン病を宣告されて
療養所で生きている

藤田さんにとって一九四五（昭和二十）年は、ハンセン病療養所入所と日本国敗戦が重なる年である。同期生を沖縄戦で失った藤田さんは、「憲法九条は世界の宝だ」と叫び、戦争による悲劇の連鎖の終わりを訴えている。入所と敗戦――二つに共通するものは「いのちの尊厳」であろう。一夜を美しく懸命に生きる夕菅の香りが、明日ひらくであろう蕾を包み、いのちのリレーをしていると思った。

（「多磨」２０１５年11月号）

# 燃える花―曼珠沙華

この秋（二〇一五年）、私は三枚の曼珠沙華の写真を見た。一枚は私が撮影した、園内の秋津教会前の一隅に咲こうとしている曼珠沙華。二枚目は「多磨」誌十月号の表紙の写真。三枚目は、国立ハンセン病資料館発行「資料館だより」第八十九号三頁に掲載された「資料館北側の彼岸花」の写真である。この花は多磨全生園内のあちこちに見られるが、資料館北側の桜並木の下辺りに少し群生している。

「多磨」表紙の写真は、園内写真家K・Tさん提供との説明があったが、全生大師堂庭に咲く曼珠沙華がアップで写され、後ろの全生大師像との距離感がよい。そして、撮影者が意識されたかどうかは分からないが、曼珠沙華と大師（仏・菩薩の尊称）の関係をさりげなく表現している。この花について調べてみた。

曼珠沙華とは、古代インドの梵語（古代サンスクリット語）の「マンジューシャカ」の音写で、「天界の花」「赤い花」という意味がある。おめでたいことが起こる前に、天から赤い花が降ってくるという仏教の経典に由来するそうである。夏の終わりから秋の彼岸頃に開花するので、日本では「彼岸花《ひがんばな》」とも呼ぶ。田の畔道や土手など人里に近い場所に群生し、真紅の花を咲かせる。地面からすーっと茎が伸び、その先に炎のような花が咲く風景は、私たちにおなじみである。

しかし、この花にはアルカロイド系の毒があり、墓地などを荒らす小動物避けに植えつけられたことなどから不吉な花とされ、日本では庭先や鉢植えとしては見られない。毒花、死人花、幽霊花、葬式花とか、炎に似ているから火事花《かじばな》などと呼ばれた。だから、曼珠沙華は二つの顔を持つ花と言えるかもしれない。

私は、多磨全生園で曼珠沙華を見た時、とっさに二つのことを思い出した。ひとつは昔流行った曼珠沙華の歌、もうひとつは全生園の入所者・津田せつ子さんの『曼珠沙華』という随筆集である。昔の歌は、「長崎物語」というタイトルだった。

赤い花なら　曼珠沙華

阿蘭陀屋敷に　雨が降る
濡れて泣いている　ジャガタラお春
未練な出船の　ああ鐘が鳴る
ララ鐘が鳴る

（「長崎物語」一節）

昭和十三年に作られた「長崎物語」（梅木三郎作詞、佐々木俊一作曲）、昭和十二年生まれの私にはしびれるほど懐かしい歌で、「♪赤い花なら曼珠沙華……」とすぐ口ずさむ。最初は由利あけみという歌手が歌ったが、いろいろな歌手がカバーしておなじみの昭和の歌となっている。しかし、この歌は悲しい日本歴史の一断面を反映している。

寛永十六（一六三九）年のこと、時の幕府の鎖国政策の一つ「混血児追放令」のために、長崎にいた混血児はジャガタラ（現インドネシア・ジャカルタ）に追放された。日本人の母を持つお春もその一人で、異国から母国日本への望郷の念を綴ったジャガタラ文の便りを送った。鎖国政策の弾圧時代の悲劇に巻きこまれた、うら若きお春の悲しい涙の歌でもある。

津田せつ子さんの随筆は、『ハンセン病文学全集』（第4巻）〈記録・随筆〉に、「哀悼記」「あにさん」など十六編が収録されている。その著者紹介では、一九一六（大正五）年栃木県に生まれ、小学校三年頃発病、一九三三年五月に全生病院（現・多磨全生園）に入所。一九六〇年より十五年間少女寮の寮母を務めたとある。

著書『曼珠沙華』は、一九八一年に私家版として出版、一九八二年に日本キリスト教団出版局より再出版された。本誌「多磨」に掲載された随想などが収録されている。「あとがき」に「亡夫に捧げる意味で、この本の題名を『曼珠沙華』とした」と記されている。その経緯が記された部分を引用する。

「夫の立ち日から数えて百か日は、九月十八日だった。雨の多かった夏のあとの残暑はいつまでも厳しかったが、それでも九月半ばを過ぎると、どこかに秋の気配が漂ってくる。夫の霊前に生き生きとした花を供えたいと庭に下りた私は、紫陽花が葉を大きく茂らせている傍らに、雑草にまぎれて一本の赤い花が咲いているのが眼にとまった。曼珠沙華である。この花を私は好きでなかった。一葉もつけず、細い裸の茎の頭に、真っ赤にそれこそ燃えるように咲いている曼珠沙華の花は何か不気味であった。でもこの日、私はどうしたことか、この花にふと夫の生きる姿を感じたのである。潮《うしお》のように悲しみが胸に突きあげてきた。裸の茎の頭に真っ赤に、それこそ燃えるように咲いている曼珠沙華の花。何も求めず、ひたすら他者のために生きた夫……夫の心に燃えていたのは、神への愛、炎のような愛の灯である」(『曼珠沙華』十九〜二十頁)。そして短歌が二首。

曼珠沙華九月の花とおぼえたり夫の立ち日に燃えて眼に映ゆ
奪ふごと夫より去りてゆく日々よ道辺に赤し曼珠沙華の花

阿蘭陀屋敷に降る雨にぬれた曼珠沙華は、ジャガタラお春の瞼に映った望郷の花。雑草の狭間に開花した一本の曼珠沙華は、亡き夫が燃やした心の花。それは決して「不吉な花」ではなく、人の心を燃やすいのちの花である。金子みすゞの詩「曼珠沙華」を思い出した。

村のまつりは夏のころ
ひるまも花火をたきました。
秋のまつりはとなり村、

日傘のつづく裏みちに、
地面《じべた》のしたに棲むひとが、
線香花火をたきました。
あかいあかい曼珠沙華。

金子みすゞは、裏道の地面の下に咲く曼珠沙華を、可愛い線香花火と詠う。その花はしかし、「あかいあかい花」で、真っ直ぐに背筋（茎）をのばして、「私は曼珠沙華よ！」と叫んでいるように見える。燃える花―曼珠沙華。

（「多磨」２０１５年12月号）

# ありのままに

私の小学校時代は暗かった。日本が敗戦を迎えた一九四五（昭和二十）年は、私が小学校三年生の時だった。田舎の小さな村の小学校に通っていたが、同じ隣保のO君とは親友で、「竹馬の友」と呼んでいた。彼とは中学、高校まで一緒だったが、私にはいつも彼に対するわだかまりがあった。それは私が一方的に感じていることだったが、何かにつけて彼と自分を比較して、彼は自分より頭がいい、経済的にも彼の家は豊かで自分の家は貧しいというような「劣等感」が強かった。彼はいつも級長で、私はどんなに頑張っても副級長だった。

小学校六年生の時に、私は右大腿骨骨髄炎という病気になった。大きな手術をして三カ月も入院し、三学期は学校に行けなかった。それでも当時のことだから何とか卒業は出来て、彼と一緒に中学校に進学した。病気は完治しておらず通院しながらの通学が続いた。遅刻、早退を繰り返し、二年生の三学期はほぼ欠席だった。こうなるとO君との差はますます広がった。彼は体力的にも優れ、野球部の捕手、陸上での競争選手、生徒会長になった。リーダーシップがあって、先生と生徒たちから信頼されていた。私は体育の時間はいつも見学、休みがちで勉強は遅れていた。三年の時に文化部の図書部に属して「図書館長」に選ばれたのが唯一の役割だった。

そのような友人との「比較」の中で、少し歪んだ形で成長していた少年時代だったが、ある時から変化が起きた。中学二年生の時、女の子から「紙芝居を見においで」と誘われたのがきっかけで、キリスト教に出会ったからであった。キリスト教の教えでは、神様の前で皆が平等であり、人としての価値の違いはないと教えられた。「自分はO君に負けたくない。頑張らねば」と思っていた呪縛のようなものが解けていった。「人の体の機能はそれぞれ違うが、どんなに小さく目立たないものでも、無くてはならない大切なものだ」というような教えがよく分かった。高校一年になって、私は自分の進む道を決めて洗礼を受け、後に神学校に入って牧師になった。もう彼に対する劣等感は払拭された。

少し古い話になるが、一九八〇年から一九九〇年にかけてTBS系で放送されたテレビドラマに、山田太一脚本の「ふぞろいの林檎たち」という番組があった。私は昭和九年生まれの山田太一さんの作品が好きで、古くは「岸辺のアルバム」「夕暮れて」「ながらえば」、最近では「キルトの家」などが感動的なドラマだった。「ふぞろいの林檎たち」の主題歌は、サザンオールスターの「いとしのエリー」で、シリーズ4まで制作・放送された。中井貴一、時任《ときとう》三郎、柳沢慎吾、石原眞理子、国広富之などの俳優が出演し、視聴率が十五〜二十%の好評だった。四流大学を舞台に、学歴が恋愛や就職に暗い影を落としながらも、当時問題となった学歴社会を背景に、それを懸命に乗り越えようとする若者たちの姿を描く。それぞれの賜物を生かして一生懸命に生きようとする姿が素晴らしかった。

そしてそのサブタイトルがユニークだった。「学校どこですか」「恋人いますか」「生きしていますか」「何を求めていますか」「キスしていますか」「どんな夢見ていますか」「人の心が見えますか」「愛って何ですか」「燃え上がるものはありますか？」といった具合である。みんな違うけれど、人それぞれが与えられた人格、個性、賜物がある。劣等感というような呪縛の中で頑張るのではなく、もっとありのままに生きよう。見た目の形はふぞろいだが、中身の味はみんな美味しいのだ——というメッセージである。

シンガーソングライターの沢知恵さんが、『私のごすぺるくろにくる』(my gospel chronicle) という本を三月に出版された。沢さんが母の胎に宿った年（一九七〇年）から二〇一五年に至る「私的音楽年代記」で、デビュー二十五周年コンサートに合わせて刊行された。四十五歳になる沢知恵さんの人生の四十五の扉を、ひとつひとつを開けるようにして読んだ。それぞれの時代背景に合わせて、例えばビートルズ、ちあきなおみ、美空ひばり、マイケル・ジャクソン、尾崎豊、さだまさし、スマップなどの活躍した歌手とご自身の歌手活動の歩みを記している。そこには、沢さんのアーティストとしての強いメッセージがある。

その沢さんのオリジナルソングに「ありのままの私を愛して」という曲がある（アルバム「一期一会II」に収録)。これは東京の女子中高の玉川聖学院創立六十周年の記念歌として作詞作曲されたもので、ご自身は「できあがったら、私自身への応援歌になっていました」と言われる。私はこの歌詞が大好きで、聴いているとすごく励まされ勇気づけられる。「流れゆく日々の中で　いまここに私はいる／ほほえみ浮かべていても　いつも何か求めている　幼いころ見た夢を　追いつづけてきたけれど／おとなになるといつしか　夢は幻になるの？」という問いかけのフレーズから次のように展開される。

あきらめなくていいじゃない
走り出せばいいじゃない
夢はかなえるためにあるじゃない
立ち止まってもいいじゃない
やり直せばいいじゃない
ありのままの私を愛して

めぐる季節を数えて　いまここに私はいる
ことばにできない思い　胸にしまいこんだまま

さらけ出してもいいじゃない
泣きじゃくってもいいじゃない
傷ついて気づくこともあるじゃない
まちがってもいいじゃない

背伸びしてもいいじゃない
ありのままの私を愛して

神さま、少しの勇気をください
風に吹かれてふるえる心に
神さま、少しの勇気をください
そして、いのちをありがとう

ありのままの私を愛して
神様、いのちをありがとう

遠い私の少年時代の思い出とこの歌詞を重ねながら、沢知恵さんから「ありのままでいいのよ」という熱い言葉をいただいた。

（「多磨」２０１６年5月号）

# 小舟のように

古いアルバムを整理していた時、一枚の写真が目に留まった。その写真は正確に言えば一枚のハガキで、十円切手に押された消印を見ると、昭和48年8月1日となっている。今から四十三年前のもので、差出人は吉岡健一郎と記されている。この年は、私が関西学院中学部の宗教主事として就職して三年目で、三十六歳だった。ハガキの表の宛名の下には次のような言葉が綴られていた。

「暑い日が続いていますが、先生いかがおすごしですか？　僕はB班の中の16班の班長でした。遠泳大会2日目のとき、先生の手さばきがすばらしいので写しました。ボケているのは、焼き付けるときピントをあわすのを忘れたので、すみません」

そして、裏面はモノクロ写真になっていて、私が海で伝馬船《てんません》を漕いでいる姿が写っていた。この学校では、早くから野外教育の一環として、夏に教育キャンプを実施していた。岡山県牛窓町から四キロの沖合にある瀬戸内海の無人島「青島」がその舞台で、当時は中学二年生（約一八〇名）が三班に分かれて四泊五日のキャンプを行っていた。小豆島の近くにあるが、周囲二十二キロ、面積約三万五千坪の小さな島。瀬戸内の美しい自然の中にあるが、都会で恵まれた生活を送っている生徒たちが、飲み水がない（本土の牛窓から水船で運ぶ）不自由な島でテントを張り、自炊をしながら、朝夕の礼拝、野外労働（ワーク）、水泳、キャンプファイヤーなどを経験するプログラムだった。

メインプログラムの一つに、全員が一キロを泳ぎ切る「遠泳」があった。写真は、船の櫓を操りながら、ブイ（浮標）を張ってコースづくりをしているところである。伝馬船とは、木造の小型和船で船尾左舷に櫓を備え、一人で漕ぐ。荷物の運搬や釣り船として使用される。なぜか私は、この伝馬船を漕ぐのが好きだった。ボートを櫂《かい》で漕ぐより難しいが、毎年続いたこのキャンプに教師として参加したから、だんだん上達していった。

私は今、この一枚の写真にいろいろな想いを重ねている。ハガキをくれた当時十四歳の吉岡君は五十七歳になっているはずだ。四十三年前、海パンとTシャツ姿で伝馬船を漕ぐ三十六歳の自分の姿と、特殊な杖を持つ歩行を余儀なくされた七十九歳の現在の自画像が重なる。その時間と距離の中にある人生。もちろん、教え子の吉岡君も同じである。

そんなことを考えている時に、私と同じく、国立療養所多磨全生園の秋津教会訪問牧師である渡辺正男先生から、ご自身が出しておられる「晴見だより」に掲載されたイースター（復活祭）の小説教がメールで送られてきた。不漁で落胆して小舟をこいでいた弟子たちの傍らに、復活のイエスが温かく見守っていてくださるというメッセージの中で、「わたしたちも、自分なりの人生という小舟をこいでいます」と書かれた言葉が印象的だった。

その時、生徒から送られた四十三年前の「伝馬船を漕ぐ」写真がオーバーラップした。そして、その「小舟」という言葉につながる、あるメロディーが私の耳に聞こえて来た。いしだあゆみが歌っていた「ブルーライト・ヨコハマ」である。

伝馬船を漕ぐ筆者（1973年７月）
関西学院中学部青島キャンプで。撮影・吉岡健一郎

街の灯りが　とてもきれいね
ヨコハマ　ブルーライト・ヨコハマ
あなたとふたり　幸せよ

いつものように　愛のことばを
ヨコハマ　ブルーライト・ヨコハマ
私にください　あなたから

歩いても　歩いても
小舟のように　私はゆれて
ゆれて　あなたの腕の中

歌詞はまだ続くが、橋本淳作詞、筒見京平作曲のこの歌は、いしだあゆみが二十歳の時、一九六八年に発売された。翌年、この曲でいしだあゆみはＮＨＫの紅白歌合戦に初出場した。その後他の歌で九回連続出場したが、一九七三年にもう一度この歌で出演した。ヨコハマのテーマソングのようになった歌だが、一九七三年は、吉岡君が私に写真を送ってくれた年と同じである。横浜の美しい風景を背景に、恋人の愛を歌ったものだが、私が好きなのは、「歩いても　歩いても／小舟のように　私はゆれて／ゆれて　あなたの腕の中」というフレーズである。「あなたの腕の中」という状況は違うが、伝馬船に乗って、一本の櫓を懸命に漕いでいる自分の姿が、その後の人生を象徴しているように思えて来た。

揺れる小舟を漕ぐという人生。その小舟に、私は何を積んで、どこからどこに向かおうとしてきたのか。時には、積み荷の重さで沈みそうになったり、櫓を漕ぐことに疲れてしまったり、大波の恐怖におののいたり、小舟はいつも揺れている。

しかし、私はもうひとつ、船を漕ぐ歌を知っている。かつて関西学院中学部の礼拝堂で、生徒たちと一緒によく歌った讃美歌に、あの一枚の古いモノクロ写真を重ねたいと思う。

大波のように　神の愛が
わたしのむねに　寄せてくるよ。
漕ぎ出せ漕ぎ出せ
世の海原へ。

先立つ主イエスに
身を委ねて。
大波のように　神の愛が
わたしのむねに　寄せてくるよ。

（讃美歌第二篇一七一番）

（「多磨」２０１６年６月号）

# 喋る冷蔵庫

「冷蔵庫の点検が必要です。お買い上げの販売店に連絡してください。なお、ご不明の点は松下電器冷蔵庫事業部にご相談ください」

冷蔵庫の扉を開けるたびに、こんな音声が流れる。半年ほど前になるが、家の冷蔵庫が喋りだした。故障の原因が不明なので、何度か指定された会社の事業部に電話して聞いてみたが、結果的には未だに直っていない。新しく買い換えれば解決することだが、事業部の人が「コンセントを抜き、しばらくしてまた差し込んでください」と言うので、そうしてみるとなるほど音声が止まった。ところが数時間か一日ほど過ぎると、また喋りだす。またコンセントを抜く。故障といっても、冷蔵機能は働くので、そんなことの繰り返しで今日まで持ちこたえてきた。亡くなった妻が十数年前に購入したもので愛着があり、出来れば買い換えずにもう少し使いたいと思っている。

ところが、いつの間にか私は冷蔵庫を開けるたびに、扉の前に立って「今度は喋るか、どうか……」と期待している自分に気づいた。変な話だが、冷蔵庫に対して「やっぱり喋った！」とか「ほう、頑張っているじゃないか」などと、会話を楽しんでいるかのような毎日を過ごしている。

八年前に妻を亡くしてから、私はずっと独り暮らしをしている。時を同じくして仕事も定年退職となった。かつてのようにかかってくる電話もめっきり減ってしまった。ボランティア活動などで、外に出かけてお話しをすることはあるが、普段は喋る相手が激減した日常生活になった。テレビを観て気を紛らわすことがあっても、基本的には独り暮らしが寂しいのかもしれない。だから、喋ってくれる冷蔵庫は格好の話し相手なのである。

最近の世の中、いろいろな「物」が喋る。ちょっとした言葉の氾濫である。喫茶店に入れば「いらっしゃいませ」。出る時は「有難うございました」と言ってくれる。エレベーター、エスカレーター、カーナビ、トイレ、ホテル、コンビニなどいっぱいある。そこは人間は不在で、みんな機械が喋っている。感心するのは、音声が内蔵されたぬいぐるみやロボットまである。その技術の発展には驚くべきものがある。

私が知っているある女性は、常時二つの小熊のぬいぐるみを離さない。「おはよう」「こんにちは」「元気ですか」「どうしたの？　元気がないじゃないの」「さようなら」などと、どんどん言葉を喋る。かつてハンセン病を病んで、半世紀も療養所に入所しているその女性は、二歳で亡くした子どもの声として聞いているのである。独りぼっちの自分にとって、その言葉が大切な癒しになっている。小動物をペットにしている人たちもまた同じであろう。また、ロボットの発達は著しいが、やがて人間に代わる重要な存在になるに違いない。

饒舌な言葉はそれだけではない。よくかかってくる勧誘の電話である。不動産、家の修理、投資信託、化粧品などいろいろかかってくる。電話する人は仕事でやっているのであろうが、受ける側としてはずいぶん不愉快な感じを持つ。ガチャンと受話器を置く時や、「妻は天国にいますので」などと断る場合もある。しかも、そういう勧誘の電話は前置きが長く、猫なで声のような言葉で喋ってくるから、よけいに頭にきてしまう。音声はないが、インターネットのブログや今流行のツイッターなども、別の意味での言葉の氾濫といえるかもしれない。

でも、障がい者にとっては、そのような音声による伝達手段が欠かせないことは言うまでもない。ハンセン病療養所には、目の不自由な人のために「盲導鈴《もうどうれい》」なるものがあって、要所にメロディーがエンドレスに鳴ってその場所がわかるようになっている。屋内でも、センサーが働いて「ここは第一不自由者棟です」などと音声で案内している。

しかし、言葉の氾濫などと言っているが、逆に日常生活の中で言葉のない生活は考えられない。言葉は生活の基本的な表現手段であって、独り暮らしをしていると、話し相手がなくなり、つい冷蔵庫との会話になってしまう。だから最近の私は、外に出た時よく喋るようになった。東京駅構内の新幹線の切符売り場で、女性の係りの方の機械を操作する手の動きがあまりにも鮮やかなので、「ものすごく速いですね」と声をかけた。「いえ、もう慣れていますから」と言葉が返ってきたので、何だか嬉しくなった。スーパーのレジで支払いをする時に、「この買い物で私の食生活がお分かりですか？」などと余計なことを言ってしまう。「さぁ、どうでしょうかねぇ。うちの主人とよく似ていますよ」と言ってにっこりされたりすると、「この次もこの店に来よう」と思ってしまう。

でも、機械的な音声が氾濫する中で、見逃してはならないのが「音声のない言葉」「声なき声」「沈黙の声」である。実は人間関係はそういう言葉によって成り立っているところが大きい。また、山や海、様々な木々、吹く風や空気の匂いなど、自然の中から聞く言葉がある。

私は「見えないものに目を注ぐ」という言葉を大事にしているが、現象面の奥にある声なき声を聞き取りたい。そこに必要なことは、向き合う相手に対して問いを持つこと、想像すること、そして表現することだと思っている。

（「火山地帯」一六二号　２０１０・７・１）

# いのちのルーツ――二つのテレビ番組を観て

テレビから印象に残った二つの番組の感想を述べてみたい。最近のテレビの番組は質の低い内容が多いが、それでも良心的で印象的な番組もある。

ひとつは一月七日に朝日放送（ABC）で放送された「探偵！　ナイトスクープ」。一九八八年から始まった視聴者参加型のバラエティ番組で、今では全国三十五局で放送されている。関西人特有の「ノリの良さ」が人気で、関西では常時二十％前後の視聴率がある。今は俳優の西田敏行が局長、関西のお笑いタレントたちが局員（探偵）として依頼者の要望に応えるという番組。決してドタバタ番組ではなく、子どもから大人に至る依頼者たちの人生の喜びや悲しみ、家族のさまざまな模様を写しだしている。独特のユーモアとペーソスがあって、観るものを感動に導く。一回の放送で普通三つのテーマが取り上げられる。

一月七日放送のひとつが「レイテ島からのハガキ」という内容だった。大阪府在住の六十五歳の男性からの依頼で、探偵は漫才タレントの田村裕。依頼者の亡母の遺品の中から、太平洋戦争で戦死した父親が戦地から母親（妻）に送ってきた二枚のハガキが出てきた。結婚後すぐ出兵し、依頼者が生まれる前に戦死した父親の母に宛てたそのハガキの文面に、「身重であるお前」と読めそうな部分があった。つまり、父親は母が自分を身ごもっていることを知っていたかどうか調べてほしいという依頼であった。劣化した文字が潰れていたため判読は極めて難しかったが、最後に奈良文化財研究所で赤外線によって分析してもらうと、文字が鉛筆書きであったことが幸いして、身重の母を気遣った内容であることが判明した。

テレビで紹介されたその内容の一部を再録すると、「どんなことがあっても身重であるお前が働きに行くことは許可せん。兎角お互いが元気で会う日迄、元気よく日々を過ごそうではないか。亦、帰れば新婚の様な気持ちで過ごそう」。そして最後の四行に「酔う心君に訴う事ばかりただに言えない吾が胸の内」「頼むぞと親兄弟に求めしが心引かるゝ妊娠の妻」「駅頭で万歳叫ぶ君の声胸に残らむ昨夜も今朝も」。お元気で。（返信不要）と書かれていた。依頼者は「スッキリしました」と言って号泣、探偵の田村や研究員も感動の涙にむせた。テレビの西田局長や他の局員たちもこの報告に感動して涙した。ゲスト出演していた落語家の桂ざこばも泣きじゃくりながら「戦争って、ほんまにアカンなぁ」と叫んでいた。六十五歳の依頼者の出生にまつわるノンフィクション、そこに横たわる非情な戦争の歴史がある。母親が何度も手にして判読できなくなるまで読み返していたレイテ島からのハガキ。その一枚のハガキに秘められた自らの「いのちのルーツ」。その家族の人生が何であったかを深く思わされた番組であった。

もうひとつは、八月三日の夜放送されたＮＨＫの「ファミリーヒストリー」というドキュメンタリー番組。家族の歴史を紐解くことで、自らのアイデンティティーを見つめる内容である。この日のテーマは「俳優　浅野忠信～祖父はなぜ、アメリカに帰ったのか～」。二〇〇〇年アカデミー賞ノミネート主演映画「モンゴル」で注目を集め、ハリウッド映画「マイティ・ソー」に抜擢された俳優である。番組は「浅野忠信の祖父が、なぜアメリカに帰ってしまったのか」という謎解きを展開する。彼の祖母と米兵の祖父との結婚から別れるまでの過程、そしてその後の祖父の生きた足跡を、番組のスタッフがアメリカの遺族を訪ねて探し出す。

その祖父の名はウイラード・オバリング。終戦直後、アメリカから日本へ来た料理兵だった。一方、祖母の浅野イチ子は、戦前から両親と満州大連に渡り最初の結婚をしたが、数年後に離婚して芸者となる。終戦後一人で帰った広島は原爆で瓦礫の街になっていた。やがて横浜に行き、そこで米兵のウイラードと出会って結婚した。ウイラード二十三歳、イチ子三十八歳だった。やがて朝鮮戦争で夫は出兵、その間に子ども（浅野の母・順子）が生まれた。戦争が終わり、ウイラードは妻と四歳の子どもを残してアメリカに帰った。イチ子は苦渋の思いで結婚写真を真っ二つに切り裂き、別れる決心をした。浅野忠信は、その当時四歳だった順子の息子である。

番組スタッフは、浅野親子に代わって日本国内とアメリカなどを取材、二つの戦争を背景にして、海を越えた一組の男女の出会いと別れのドラマを明らかにした。妻子を置いて帰国した傷心のウイラードは、二人の子どもがある女性と再婚、六十五歳で生涯を閉じた。その祖父の遺品の中から、財布の中にぼろぼろになった四歳当時の順子の写真が発見された。終生持ち歩き、死ぬまで順子を忘れなかったことの証しだった。番組の最後で、この番組のために来日していた祖父の再婚の二人の子どもが登場。義理の兄弟となる順子と浅野忠信の四人が抱き合って号泣した。子どもの時から金髪だった浅野は、祖父の血が流れた自分のいのちのルーツを初めて知った。

（「火山地帯」一六七号　２０１１・10・1）

# 日はまた昇る

「火山地帯」一七四号で、吉松勝郎さんの「遥かなるヘミングウェイ」を大変興味深く読んだ。約二万字に及ぶ大作で圧倒されるが、今なぜヘミングウェイかという思いもある。これだけ詳細に論述されるのには、今回のための書き下ろしではなく、たぶん論文か何かにまとめられたものではないかと推察した。『武器よさらば』『日はまた昇る』『老人と海』『誰がために鐘は鳴る』など、その書名（または映画のタイトル）を聞いただけで、かつて私もこの著書や映画に親しんだことを懐かしく思い出した。ノーベル文学賞に輝いた、アーネスト・ヘミングウェイの波乱に満ちた六十二歳の生涯。とりわけヨーロッパ戦線を背景にして体験した肉体的な傷と痛み、関わった女性との愛憎、猟奇的な謎の死などをめぐる赤裸々な人間関係が、詳細に解説されている。

その中で特に注目したのが、『日はまた昇る』に関連して、旧約聖書の「伝道の書」について言及されたところである。この文書をヘミングウェイは愛読し、ヘミングウェイ文学の源流になっているということであるが、吉松さんの解説を読んで大変勉強になった。「伝道の書」は一九五五年発行の口語訳聖書の文書名で、一九八七年発行の新共同訳聖書では「コヘレトの言葉」となっている。「日はまた昇る」という表現は、同書の第一章五節の冒頭からとられている。本書では口語訳聖書から引用されているが、参考までに新共同訳の二節から七節を引用してみる。

コヘレトは言う。／なんという空しさ／なんという空しさ、すべては空しい。／／太陽の下、人は苦労するが／すべての労苦も何になろう。／一代過ぎればまた一代が起こり／永遠に耐えるのは大地。／日は昇り、日は沈み／あえぎ戻り、また昇る。／風は南に向かい北へ巡り、めぐり巡って吹き／風はただ巡りつつ、吹き続ける。／川はみな海に注ぐが海は満ちることなく／どの川も、繰り返しその道程を流れる。

コヘレトとはヘブル語原典そのままの言葉で、「伝道者」とか「集会の司会者」というような意味であるが、作者は不明である。「何という空しさ、すべては空しい」という言葉で始まり、「すべての労苦も何になろう」「何もかも、もの憂い」という人生に対する否定的で厭世的な表現が続く。鎌倉時代の無常観の文学と言われた鴨長明の『方丈記』の冒頭のフレーズ「ゆく河の流れは絶えずして、しかももとの水にあらず。よどみに浮かぶうたかたは、かつ消えかつ結びて、久しくとどまりたるためしなし」を連想する。青春を第一次世界大戦で過ごしたロストジェネレーション（失われた世代）を背景にしたヘミングウェイ文学は、その時代背景が旧約聖書「伝道の書」（コヘレトの言葉）や『方丈記』に共通している。時代を覆う虚無感や喪失感、無気力の中で人々は生きる希望を失い、享楽に走る。しかし、鴨長明の書は、乱世をいかに生きるかという自伝的人生論だと言われる。「コヘレトの言葉」は、その文書全体を読めば分かるように、一見厭世的な表現が続くが、「神はすべてを時宜にかなうように造り、また、永遠を思う心を人に与えられる。」「青春の日々にこそ、お前の創造主に心を留めよ。」と、人生を肯定的に語っている。「すべてが空しい」と書いた「伝道の書」を愛したヘミングウェイが、自身の生と死の激動を描く中で、何を訴えようとしたのだろうか。

「日はまた昇る」というタイトルは、二通りに解釈できる。ひとつは「日は昇り、また沈む」という変わらない単調な繰り返しのやるせなさ、無気力のイメージ。もうひとつはその逆で、「再び日が昇る」という復活・希望の意味。「また」という副詞を「再び・もう一度」と訳するか、「同じく・やはり」と解釈するかによって真逆になる。

　私は、「火山地帯」に掲載された吉松さんの文を、入院中のベッドの中で読んだ。大腿骨骨折の重傷を負い、結果的に二度の大手術を経て、長期リハビリテーション病院にいた。二度目の時は、悪条件が重なって入院する病院が決まらず、骨が大きく折れたままで九日間も待機させられた。暗転のトンネルの中に閉じ込められたような状態にある時、吉松さんの「遥かなるヘミングウェイ」を読んだのである。その時、私にとって「日はまた昇る」は、厭世的な失望感ではなく、回復・希望の言葉だった。そして、厳しいリハビリ（語源＝再び適した状態に戻ること）で、前へ前へと歩く訓練を重ねた。二つの病院での手術とリハビリのための入院の日々は二二二日間。私にとって「回復への道」の日々だった。詩人・杉山平一氏の「希望」という詩を思い浮かべていた。

　夕ぐれはしずかに／おそってくるのに／不幸や悲しみの／事件は／／列車や電車の／
　トンネルのように／とつぜん不意に／自分たちを／闇のなかに放り込んでしまうが／

我慢していればよいのだ／一点／小さな銀貨のような光が／みるみるぐんぐん／拡がって迎えにくる筈だ／／負けるな

（詩集『希望』より）

先日、東京にある国立療養所多磨全生園で、冬枯れの桜並木の枝越しに、真っ赤に燃える夕映えを見た。あまりに美しかったので、その夜療養所の入所者へのハガキの末尾に、「この美しい夕映えの光りは、明朝は東の空から輝きます」と書いた。

（「火山地帯」一七七号　２０１４・４・１）

# マイナンバー

私は今、ある数字にはまっている。三年前に負った大腿骨骨折の後遺症で、杖なしには歩行できないので、外出はパートナーが運転する車の助手席に乗ることが多い。運転手は絶えず正面を向いての安全運転が当然だが、横に座る私は、車窓から風景を眺めたり、看板の字を読んだりで気楽なものである。

そこでいつも注目しているのが、前を走る車のナンバープレートである。正式には、「自動車登録番号票」というが、その数字にはまっている。単純に言えば、数字の並びの面白さを楽しむ。プレートの色や記された文字と数字は、車種や登録地域などの意味がある。目につくのは四桁の指定番号だが、数千円の費用で自分の希望ナンバーを取得出来ると聞いた。そこで考えることは皆同じかもしれないが、語呂合わせや縁起担ぎなどで番号を選ぶ。

例えば「11―22」は「いい夫婦」、「11―88」は「良いパパ」、「46―49」は「よろしく」、「25―25」は「ニコニコ」という具合である。「80―08」は末広がり縁結びだとか。しかし「88―88」とか「99―99」「77―77」などのぞろ目番号に出合うと、思わず興奮したりする。

実は最近、古くなった自家用車を買い替える時、新しい希望番号をつけることになった。私が即座に選んだのは「18―89」である。全くの自己満足に過ぎないのだが、私にとってこの数字に二つの意味がある。ひとつは、私が長年かかわってきたハンセン病問題につながる、日本最初のハンセン病施設「神山復生病院《こうやまふくせいびょういん》」の創立年（一八八九年）だからである。もうひとつは、私がそこで学び、後に定年まで勤務した「関西学院」という学校の創立年だからである。学校で生徒たちに母校への帰属意識を教えるために、徹底して「一八八九」を覚えさせた。「イチハヤク」覚えなさいと。

考えてみると、私たちの生活は数字に囲まれている。自分という存在を証する数字、例えば生年月日、年齢、住所、時計、カレンダー、テストの点数、物価、給料、株の指数、貯金等々。入院中のルーティーンは、毎日の検温とトイレの回数（大と小）を数えることだった。眠れない夜は「羊が一匹、羊が二匹」と数えた。

スポーツ選手には背番号がある。昭和人間の私が真っ先に浮かぶ番号は、長嶋選手の背番号「3」や王選手の「1」、もっと古くは川上哲治選手の「16」。最近ではサッカーやラグビー選手の背番号にも人気がある。しかし、日本人は「4」という数字を避ける。ホテルのルームナンバーに「4」や「9」はない。「死」と「苦」につながるという日本独特の迷信と縁起担ぎである。もちろん日本だけでなく古今東西、そのような考え方は共通しているが、私自身は全く気にしない。さらに日本社会では、大安、仏滅、友引などの迷信の呪縛があり、ホテルでの結婚式は仏滅の日が格安である。友引の日、火葬場は運営しない。私の亡姉は、誕生日が昭和九年九月九日だったので、しばしば「三重苦」と揶揄された。本人は気にしていなかったようだが、私も九が三つ揃うから「サンキュウ」だと言って笑っていた。

また日本人は、年齢の節目を「還暦」(六十歳)「古希」(七十歳)「喜寿」(七十七歳)「傘寿」(八十歳)「米寿」(八十八歳)などと呼び、数字で人生を刻む。

いずれにしても、私たちは「数字の中の人生」を生きていると言えよう。そこに来て、新しく登場したのが「マイナンバー」(個人番号)なる数字。私にも「個人カード交付申請書在中」の封筒が送られてきた。申請して正式にカードが届けば、「マイナンバー人間」となる。これで国民総番号制に組みこまれ、一人十二桁の番号がつく。この制度は、今年の一月から順次始まっている。行政にとってメリットは大きいが、その功罪が指摘され、「マイナンバー詐欺」などさっそく社会問題となっている。

「私」という人間が、数字で表現されることに抵抗があるが、それは今様に言えば「IDカード」（身分証明）であろう。十二桁の数字を覚えることはないが、このことを契機に改めて自分のアイデンティティー（自己の存在根拠）が何かを考えた。

塔和子さんの「証」という詩を思い出している。

深い目で
今日生きていたのかと問われると
どうも生きてはいなかったようなのです
では
死んでいたのかと問われると
どうも死んでもいなかったようなのです

（中略）
信頼する私の神様
どうか
生きていたのだという証明書を
一枚だけ私に下さい
それがないと
私はこの過剰な時代に
うすいうすい
存在のかげさえ
残すことができないのです

（詩集『エバの裔』より）

この詩は四十三年前に詠まれた詩だが、コンピューターの数字文化に生きている私たちに、不思議な説得力がある。どんな時でも大事なことは、「自分が何者であるか」という自己確認と生存の矜持である。

作者の塔和子さんは、一九二九年出生、十三歳でハンセン病を発症し国立療養所大島青松園に入所、そこで七十年を生きて懸命に詩作し、八十三歳で死去した。これが塔さんの人生の数字である。そして、遺された千編の詩が塔さんの「生きた証明書」となった。一年後に傘寿を迎える自分の人生に、塔さんの詩を重ねている。

（「火山地帯」一八五号　２０１６・４・１）

# 「分ける」ということ

私は、この五月（二〇一七年）で五年間勤めた芦屋市人権教育推進協議会（略称・芦屋人権協）の役員を辞した。その理由は、今年で八十歳を迎えた年齢と骨折の後遺症のため特殊な杖に頼らなければならない歩行のリスク回避を考慮したからである。

この団体の目的は、「すべての人の人権が尊重される社会をめざし、芦屋市における人権教育の推進を図ること」とある（規約第2条）。当初は「同和問題」を中心に活動していたが、一九五六年に現在の名称で誕生し、人権・同和問題に関する唯一の社会教育啓発団体として活動している。

二〇〇九年三月に、芦屋市でハンセン病問題について講演したことがきっかけで、芦屋人権協の役員になった。取り組む人権課題は、「同和（部落）」「子ども」「学校教育」「女性」「障がい者」「外国人」「高齢者」「ハンセン病」「セクシャルマイノリティー」「多文化共生」「ヘイトスピーチ」等々、その範囲はさまざまである。私は特別な運動家でも何でもないが、社会的には自分なりの価値観を持って生きてきたつもりであり、芦屋人権協での五年間の活動は貴重な経験となった。

私が最近非常に心を痛めた二つの問題があった。アメリカのトランプ大統領の就任と昨年七月に起きた「相模原事件」である。トランプ大統領のさまざまな過激な発言や、「障がい者は生きていても無駄」と言って十九人を殺害した犯人の異常な行為。

それらの問題をめぐる共通の言葉がある。「分断」「隔離」「壁」「排除」「禁止」「憎悪」「保護主義」「自己中心」「弱者否定」「優生思想」「性差別」等である。私はこれらの言葉が飛び交うごとに、闘わなければならない私たちの武器は、「和解」「調和」「寛容」「信頼」「赦し」「愛」「共有」「協調」「多様性」「自由」「希望」等の言葉だと思った。

昨年八月二十七日、相模原事件をめぐって論じた朝日新聞の「社説」が印象的だった。「身体に特徴がある人、会話の手段が異なる人、そもそも人間は誰であれ同じではない。性格も思慮も多様なように、一人ひとり違うことが自然なのだ。どんな違いも認め合い、尊重し合える共生の社会を築くには、不断の意識改革をする他ない。悲惨な事件を二度と起こさぬためにも、身近な差別の芽を見つめることから始めたい」。さらに、今年一月八日の社説では、「オバマ政権の8年」を、「言葉で築く平和未完に」との見出しで総括し、世界の指導者が語る諸刃の剣としての「言葉の魔物性」を述べている。アメリカの大統領交代劇の中で目立ったのは、トランプ氏の「保護主義・排除・分断」とオバマ氏の「多様性・寛容・共生」のコントラストだった。このような対立の構造は、私たちも絶えず身近に見ていることである。

芦屋人権協の活動の中で繰り返し学んだことは、教育現場での「障がいのある子ども」をめぐる差別である。

仮死状態で生まれ、「自閉症」と診断された子どもと四十四年間一緒に歩んできたお母さんの話を聞いた。障がいがあるが、地域の中でみんなと一緒に過ごさせたいという願いをかなえるために、どのような闘いがあったのか。いつもぶつかるのは「障がいのある子を特別に取り出して、『分けて』教育しようとする」ことであった。単純化して言えば、「みんなと一緒では健常な子どもの邪魔になる。普通でないのだから、別室で特別な教育を受けてほしい。その方がその子のためである」という考え方である。ここにあるのは「分断・差別・排除」である。

もちろん、このような教育を改善しようとしてきた経緯はある。国連で採択され、日本でも批准された「障害者権利条約」(二〇一四年)では、「障害の有無にかかわらず、同じ場所で共に学ぶことを目指す教育、全ての人を排除しない社会を作ること」と言っている。これをインクルーシブ教育と言うが、その根底にあるのは「分ける教育は差別」という人間の尊厳を守る精神である。

部落差別の問題も、一部の人たちを分断・排除し、「向こう側の地域」に閉じ込めようとした「分ける政策」の典型である。私が長らく取り組んでいるハンセン病問題も、行政が健常者と患者を峻別し、強制隔離をした「分ける」という差別政策だった。「断種」や「堕胎」を強要することで、子孫を断絶させるという優生思想。弱者である患者を、療養所の中に終生隔離するために作られた「らい予防法」は、患者たちの粘り強い闘いによって廃止され、「人間性の回復」は実現した。しかし、高齢化と後遺症のために社会復帰はできず、社会と分断された療養所が終の棲家となっている。

「分ける」ということが、積極的な意味を持つ場合があることは言うまでもないが、私たちの社会ではその逆の結果がもたらした悲劇の方がはるかに多い。芦屋人権協につながり、仲間と一緒に人権問題と向き合ったボランティア活動は、常にそういう問題意識を共有させ、生きることの意味を考えさせられた。
そして、私にはもう一つの闘う武器がある。私の人生に通奏低音のように響いている、中世イタリア・アッシジの「聖フランチェスコの祈り」もそのひとつである（引用は部分）。

憎しみのあるところに愛を
いさかいのあるところに赦しを
疑いのあるところに信仰を
絶望のあるところに希望を
悲しみのあるところに喜びを
闇のおおうところに光を

（「火山地帯」一八九号　２０１７・４・１）

# 土の器の中に

二〇一六年七月二十六日に、相模原市の障害者施設「津久井やまゆり園」で起こった衝撃的な事件が忘れられない。その問題が解決しないまま二年目を迎えた。同園の元職員が、「障害者は周りの者を不幸にする」「障害者は生きていてもしかたがない」と言って、その施設に乗り込み障がい者十九人を殺害した事件だった。「障害者は不要」という考え方は、いわゆる優生思想につながる深刻な問題で、この事件をきっかけにしてさまざまな声が広がった。事件の検証はもちろん、加害者の人生観や価値観をめぐって大変重い問題として考えさせられている。

社会では同じような問題が続出している。この原稿を書いているタイミングでは、七月発売の『新潮45』という雑誌に、自民党の杉田水脈《みお》衆院議員が同性カップルを念頭に「彼ら彼女らは子どもを作らない、つまり『生産性』がない。そこに税金を投入することが果たしていいのかどうか」という文を寄稿した。この発言を自民党の幹部が支援したということを巡って、人権意識を欠くとして猛烈な批判の声が上がった。古い価値観に基づいた差別発言―LGBT（性的少数者）だけでなく、弱い者、少数者、障がい者は社会の役に立たないから要らないと言って排除する。

このような価値観を持って差別された典型的な出来事が、国家によるハンセン病患者への差別、患者を劣性人間として決めつけ、強制隔離政策によって施設に閉じ込めた。まさしく「生産性がない」人間と判断し、子孫を断たせるために断種と堕胎手術によって排除してきた。

二〇〇三年十一月に起こった、熊本県の黒川温泉ホテルのハンセン病元患者宿泊拒否事件を思い出す。あの時、全国の匿名者からハンセン病回復者への罵詈雑言が流された。「お前らは、温泉に入るより早く骨壺に入れ」「テレビに出る時は、顔にアイロンかけて出ろ」等々。私は「顔にアイロンをかけて出ろ」という言葉がショックだった。ハンセン病を病んだ人々の「醜い顔」は見たくないということだろう。こういう考えをもっている人々は、実は特別ではなく、普通の市民が抱いている深層心理（本音？）の一部かもしれない。

私は一九八四年に、初めてハンセン病を病んだ人びとに出会った。宮城県にある国立療養所「東北新生園」だったが、そこで特別に重い後遺症があるSさんに出会った。その顔には、目も鼻も耳もなかった。口しか残っていなかった。適当な言葉を交わしたが、その夜恐ろしい夢を見た。私の前に丸いものが近づくのでよく見ると、昼間見た口だけのSさんの顔だった。大きな口だけの顔が、私の目の前に迫って来て「あなたは私の顔を見たか！」と言った。私は恐ろしくなって思わず「ギャー」と叫んで飛び起きた。夢だった。昼間はいい格好してSさんに挨拶などしていたが、本当は気持ちが悪くて「醜い顔」と思っていた。だから夢の中で、私の本性が暴かれたのだった。

私はその時選択を迫られた。その醜い顔から逃げるのか、あるいはハンセン病問題の現実と向き合うのかと。あまり自信がなかったけど、私は後者を選んで今日に至っている。

生産性がない、という価値判断はどこから来るのだろうか。何をもってそう決めつけるのだろうか。少し古い話だが、私が中学校の教師をしている時（一九七二年）、当時滋賀県神崎郡能登川町にあった重い知恵遅れの子どもたちの施設「止揚学園」を生徒たちと訪ねた。同志社大学を出た福井達雨さんが始めた施設で「障がいのある者とない者がぶつかりあって新しい世界を生み出していきたい」との発想から「止揚」(ドイツ語でアウフヘーベン)という名前を付けた。『僕アホやない人間だ』『アホかて生きているんや』という本を出していた。園の納骨堂の扉に「目に見えないものは永遠につづくのである」という新約聖書の言葉が書かれていたのに注目した。福井リーダーは常に、「人間は現象面だけで見てはならない。目に見えない本質や人間の生命、心が無視されてはならない」という信念を持って、障がい児の教育に取り組んでいた。止揚学園は現在も創業者の精神を継承し、息子さんがリーダーとなって取り組んでいる。

ハンセン病患者が差別された要因はいろいろあるが、最も端的に言って、病気の特性から目に見える症状にあったと思われる。その現象面から忌み嫌われ、疎外されたのである。「顔にアイロンをかけてテレビに出ろ」という暴言は象徴的な言葉であろう。「見えるものと見えないもの」をめぐる価値観のせめぎ合いが続いている。

私の妻は卵巣がんを患い、十六年前に六十歳で亡くなったが、一度大喧嘩をしたことがあった。その原因は忘れたが、妻は怒って食卓にあった丼鉢を土間に投げて割ってしまった。私も頭に来て家を飛び出した。深夜に帰宅すると、割れた丼鉢はそのままで妻は寝ていた。私は粉々に壊れた鉢を拾い集めてボンドで修復した。それを改めて卓上に置いて眺めていた。落とせば壊れる土の器である私たち夫婦は、この中に何を盛るのか。器の現象面だけにこだわる人生ではなく、大事なのは、目には見えないけれど、その中にある「内なるものの輝き」にこそ、無限の価値が隠されていると思った。

（「火山地帯」一九四号　２０１８・10・１）

# II

# カラスと猫と盲導鈴

私は、二十五年前からハンセン病療養所と関わり、今では社団法人「好善社《こうぜんしゃ》」（一八七七年に発足したボランティア団体で、キリスト教精神に基づきハンセン病に関わる活動を続けている）の社員として全国の療養所訪問を続けている。最近は、二つの療養所内にあるキリスト教会の日曜日の礼拝説教の応援に毎月一回行っている。その一つが東京都東村山市にある「多磨全生園《たまぜんしょうえん》」内にある秋津教会で、西宮市の自宅から約五時間かけて土曜日から出かける。

七月十一日の土曜日、いつものように療養所の面会人宿泊所で泊まるが、この日に限ってなかなか眠れない。自宅のベッドとは違う畳の上での寝具、腰が痛い。ＮＨＫの「ワンダー×ワンダー」という番組で、岩手県岩泉町で新しく発見された日本最大級の洞穴、氷《しが》渡洞《わたりどう》の全容を伝える番組を見て興奮したのか、目が冴えてしまった。「羊が一匹……」と数えたり、最近の出来事を思い出してみたりして眠る努力をした。そんなことの繰り返しで、ウトウトしていて気づくと午前五時ごろになっていた。部屋がカーテン越しに明るくなり、夜が明けてきた。しかし、まだ二時間くらいは眠れると思って布団を頭にかぶった。

その時である。カラスの鳴き声が聞こえてきた。「カー、カー、カー」と、すぐ側で鳴いているように聞こえる。するとまた、少し離れた所で「カー、カー、カー」と違うカラスが鳴き出した。あとはカラスの大合唱（?）、いや、カラスの鳴き声のレスポンス（応答）の繰り返しが続いた。

「眠ろうとする時に、何故邪魔をするのか！」と頭にきた。志村けんの古いギャグを思い出す。「♪カラスなぜ鳴くの……それはカラスの勝手でしょ」。多磨全生園にはカラスがたくさん棲み着いていて、かなりの被害があると聞いたことがある。そのために捕縛して減らす努力をしているが、あまり効果は見られないとか。東京のどこかの街中でも同じような被害が出て困っており、カラスと住民の知恵比べをしているというニュースを見たことがある。

布団の中でイライラしながら目を閉じて眠ろうとすると、イエス・キリストがカラスについて語られたことを思い出した。起き上がって聖書をめくってみる。ルカによる福音書十二章二十四〜二十五節にあった。「烏《からす》のことを考えてみなさい。種も蒔かず、刈り入れもせず、納屋も倉も持たない。だが、神は烏を養ってくださる。あなたがたは、鳥よりもどれほど価値があることか。あなたがたのうちだれが、思い悩んだからといって、寿命をわずかでも延ばすことができようか。こんなごく小さな事さえできないのに、なぜ、ほかの事まで思い悩むのか」（新約聖書・新共同訳）。もう眠る努力は止めた。起き上がってカーテンを開け、空気を入れ替えた。そして気がつくと、もうカラスの合唱は終わっていた。これで悩ましい夜が完全に明けた。

食堂に行ってカーテンを開けた。外はもうすっかり明るくなっている。コーヒーを飲みながらテレビを見ることにした。しばらくすると、一匹の猫がガラス越しに見える駐車場にやってきた。しっぽの曲がった三毛猫だった。何気なく見ていると、その猫は駐車場の真ん中辺りで横たわって足を伸ばし、気持ちよさそうにあくびをした。さらに身体を回転させ、腹を上にして踊りだした。テレビのコマーシャルで、このような猫の姿を見たことがあるが、実際に目の前で見るのは初めてである。写真を撮るチャンスだ！　と思って部屋に帰りデジカメを持ってくると、残念、もう猫はいなかった。実は、全生園には猫がいっぱい棲み着いている。首輪のある飼い猫もいるようだが、ほとんどは野良猫で様々な種類の猫が園内を闊歩している。園では犬の飼育は禁止しているが、猫は自由だから、いわば園内は猫たちの天国である。入所者が餌をやるのでその数は減ることがないらしい。だから人間に慣れていて、近寄ってもすぐには逃げ出さない。入所者の高齢化が進み、療友たちは次々と亡くなり、みんな寂しい思いで生活をしている。猫に餌をやらない方がいいと言われても、餌を求めて集まる猫たちに声をかけるとき、みんな癒されるに違いない。そんな野良猫でも一生懸命生きているではないか、そんな思いでいのちを共有することの実感があるのではないかと思った。教会の礼拝後に外に出てみると、近くに何匹もの猫が集まっていた。今度こそ！　と思ってデジカメのシャッターを押した。ファインダーの中には、四匹の猫たちが写っていた。

全生園では、実体が見えないのに、いつも鳥のさえずりが聞こえてくる。「チュ、チュ、チュ……」という鳴き声だったように思うが、はじめは雲雀のさえずりかな？　と思ったが、そうではなかった。実は盲導鈴の音だったのである。ハンセン病療養所では、目の不自由な人のために盲導鈴が要所に設置されている。例えば、大島青松園では「ローレライ」、邑久光明園ではポール・モーリアの「恋はみずいろ」、星塚敬愛園では「エリーゼのために」、東北新生園では「ウェストミンスター寺院の鐘の音」といった具合である。多磨全生園では「小鳥の鳴き声」が流れているわけで、夜になるとその音は消されるが、昼間はその音を頼りに目の不自由な人たちが歩けるように配慮されているのである。

「カー、カー、カー」というカラスの鳴き声が止み、やがてさわやかな小鳥のさえずりに変わる頃、全生園の一日が始まる。この鳴き声はどんな鳥だろうと思って、教会の人を通して盲人会の方に聞いてみた。この鳥は小笠原諸島にしか生息していないメグロで、特別天然記念物に指定されているそうだ。とても愛らしい小鳥のようだ。そのことを知った上で、改めて盲導鈴を聞いてみると、可愛い顔に付いた口ばしで奏でるメグロの姿が目に浮かんでくる。

カラスと猫と盲導鈴。この日、私は多磨全生園の中にいて、三つのものに出会った。私の少し読み込みがあるかもしれないが、その三つのものから、今日のハンセン病療養所の姿を実感した。生きとし生けるもの——カラスも猫も小鳥たちも、みんな与えられたいのちを生きている。

終焉の足音が急速に近づく療養所、隔絶の苦渋を余儀なくされた人びとの人生がそこにあった。一人逝き二人逝く療養所の中で、与えられた己がいのちを懸命に生き抜こうとする人たちの姿がそこにある。塔和子さんの詩を思い出した。

自然のいとなみ

あんずの実がなっている
若葉がそよいでいる
幹の幹
根の根をたどって見たとしても
いったいどんな力どんな知恵で
あんずの木があんずで在りつづけ
なんの変異もおこさず
花咲き実をならせ葉をそよがせ
また

その葉を落とし裸木になり
同じことを年々くり返させているのか
知ることは出来ない
人も魚も
力や知恵の参与しないところで
子を産み
人は人になり
魚は魚になってゆく
道端の
いぬふぐりの花さえ
こう咲くように咲かされて咲いている
私はいまこのとき
こもごもの生命と共に
私であるより外にない私で在らされて立ち

見渡せば
ものみな
己れであらされている
己れを
誇らしげにかざしている

（詩集『いちま人形』より）

（「火山地帯」一五九号　２００９・10・１）

# 納骨堂の春

ハンセン病に関わる活動をしている好善社の友人から長いメールが届いた。彼女が長い間交流していた方で、群馬県にある国立療養所「栗生楽泉園」在住の越《こし》一人《かずと》さんの訃報だった。葬儀に参列した友人の報告を読んで愕然とした。

越さんは、昭和二十年の終戦直前に十四歳で故郷の新潟を離れて栗生楽泉園に入園した。楽泉園に来る汽車の中で、ハンセン病が分かって列車から降ろされ、そこから線路を歩いて草津まで来たという。入園後、喉切り、肺炎、視力喪失、最後は声も失い、何の表現手段もないまま五年間もベッドの人となっていた。病は癒えても、重い後遺症と向き合いながらの過酷な人生だった。

越さんは詩を書き続けていた。詩集に『雪の音』『違い鷹羽』『白い休息』などがある。

私は『ハンセン病文学全集』（第七巻）に収録された納骨堂をモチーフにした「春」という詩を読んだ。

私は馬鈴薯を植付けていた／地獄谷のウグイスは／いつのまにか／谷渡りの囀りをひびかせ／さわやかに横切っていく／ここから見る納骨堂はぼんやりとしろく霞んでいる／私は納骨堂の桜を確かめに立ち寄った／蚋《ぶよ》のような／黒い星が目の前いっぱい飛んでいる／そんな／私の視力に／桜の花群はただぼやっとして／しろく浮かんでいた／／「七百五十余が十年後には五百になる／それは　誰れだかわからないが／机上での計算ではそうなっている」／私は新しい所長挨拶での数字を数えていた／十年後／五百の年老いた人たち／ウグイスの谷渡りを聞きながら／馬鈴薯を植付けているだろうか／それは／今年とまったく変りないだろうか／／夜になって風がでてきた／外灯の笠がからから鳴っている／風はやみそうもない／五百のライ病み継ぐ人たち／その人たちを彫りこんで／納骨堂の桜は／風に煽られ谷間へ消えていくのだろうか／私はとうに消滅したはずの哀しみが通りすぎていくような／物音を聞いていた

私は、越さんが在園した栗生楽泉園を何度も訪問しているが、今年五月に三年ぶりに訪ね、この詩に詠まれている納骨堂の写真を撮影していた。なぜか納骨堂は威風堂々としていた。向かって右に「地獄谷」と呼ばれた深い谷がある。記録によると、かつてこの谷に火葬後の残骨を投げ捨てていたという。また、燃料となる薪を担いでこの谷を渡る時に、しばしば事故があり死者が出た。詩を読みながら納骨堂と周辺の風景が浮かんできた。越さんの葬儀は、淡々と運ばれたらしい。親族は一人も見えなかった。弔電は二通だけだった。高崎のお寺から来たお坊さんの読経に、数名の入所者が一緒に唱えた。棺の中の越さんは、目が閉まらないので、目に包帯を巻かれていた。頭には真っ黒なカツラをかぶせられた。「見る影もなかった」と友人はいう。

火葬場はただ焼くだけの施設で、直前に焼いたばかりの煙が残っている台に、越さんの棺が載せられた。数時間後、越さんは骨壺の人となった。そして、彼が「春」という詩に詠んだウグイスの谷渡りが聞こえる納骨堂に納められる。暗くて哀しいハンセン病療養所の葬儀のドラマ。春になると、納骨堂に向けて地獄谷から吹きあげる風は、谷を渡るウグイスの美声を、越さんの小さな骨壺に響かせてくれるだろうか。

友人からの訃報を聞いた翌日、再度同じ友人から訃報が届いた。「越さんの奥さんも亡くなられた。お歳はたぶん百歳くらいらしい」と。昨日の友人のメールを思い出した。

「奥さんは、恐ろしいほどお痩せになり、食事も摂れなくなり、話しかけてもかすかな反応しかありませんでした。夫が亡くなったことは知らされていません。よくなってくださいとも、また来ますとも言えませんでした」

栗生楽泉園の納骨堂。右側に地獄谷と呼ばれた谷がある。

この訃報の連鎖、友人の悲痛な気持ちが私の胸を締めつける。夫の死を知らされないでベッドに横たわる奥様に、友人は言葉を失った。楽泉園の納骨堂に、骨壺の仲間がまた一人増えた。友人からの報告を読んで、私はハンセン病療養所の「納骨堂」をめぐる一つのドラマを観ているかのように思った。最近、ハンセン病療養所の訃報が急増している。全国の入所者数は、たぶん今年中に二〇〇〇人を割ると思われる。平均年齢八十三歳の高齢者の方々に、終焉の幕が降りようとしている。

ハンセン病療養所において、納骨堂は特別な意味を持つ。故郷の墓に入ることを拒否された入所者にとって、納骨堂は最後の安らぎの場所となる。しかし同時に、納骨堂はハンセン病患者が受けてきた偏見・差別の象徴ともいえる。その意味で、納骨堂 はハンセン病の歴史における負の遺産と言えよう。

今この時を迎えて、私は入所者の皆さんが本当の慰めと安らぎを実感し、残された人生を全うして頂きたいと願ってやまない。納骨堂は単なる死者の骨を納めた場所ではなく、苛酷な人生を闘い抜いて、やっと自由と安らぎを得た人たちのいのちを証する聖地として存在すると思う。

（「火山地帯」一七一号　２０１２・10・１）

# 吉永小百合さんの後ろ姿

今年九月（二〇一五年）、吉永小百合さんが企画・プロデュース・主演した映画「ふしぎな岬の物語」が、第三十八回モントリオール世界映画祭で、審査員特別グランプリとエキュメニカル審査委員賞の二冠を受賞した。千葉県明鐘岬の実在する小さな「音楽と珈琲の喫茶店」を舞台にして、素朴で温かい人間関係を描いたヒューマンドラマ。吉永さんは、この作品で「人と人とが絆をもって生きて行くこと、寄りそって生きることの大切さ」を伝えたかったという。阿部寛や笑福亭鶴瓶らの共演者も好演し、世界の高い評価を受けた。

吉永小百合さんについては説明するまでもないが、日本で最も有名な俳優の一人と言ってもよい。一九四五年の終戦の年に生まれ、とりわけ団塊世代のサユリストたちにとっては、永遠の乙女のような存在である。欧米での最も理想的な女性像は「マリア」と言われるが、吉永さんの純粋・無垢なイメージは女性のモデルのような存在ともいえよう。早稲田大学第二文学部卒の文学士という知性と清楚な品性をもとに一一八本の映画に出演している。レコード大賞を得た橋幸夫と歌った「いつでも夢を」は、カラオケのデュエットの定番となっている。

吉永さんの表舞台でのそのような輝かしい活動は、実は社会活動に取り組むもう一人の吉永小百合の生き方に裏打ちされていると思う。彼女の広島・長崎での原爆詩の朗読や平和を願うアピールは周知の通りだが、広島原爆記念日の八月六日の朝日新聞で、「命を守るため、さよなら原発」と訴えている。広島と長崎に原爆が落とされた年に生まれた吉永さんの悲痛なほどの強い使命感を感じる。インタビューをした記者は、「すべての質問に正面から答える、ある種の覚悟を感じた」と述べている。

私はその吉永さんに一度会ったことがある。二〇〇三年に、国立療養所大島青松園在住の詩人・塔和子さんのドキュメンタリー映画「風の舞」（監督・宮崎信恵）が制作されたとき、映画の中の詩の朗読を吉永さんが無償で請け負うという経緯があり、その時から彼女は塔和子の詩に感動して熱烈なファンとなり、二人の交流が始まった。そして二〇〇九年四月三十日、吉永さんは一人の秘書を伴っていわば単独で大島青松園の塔さんを訪問した。

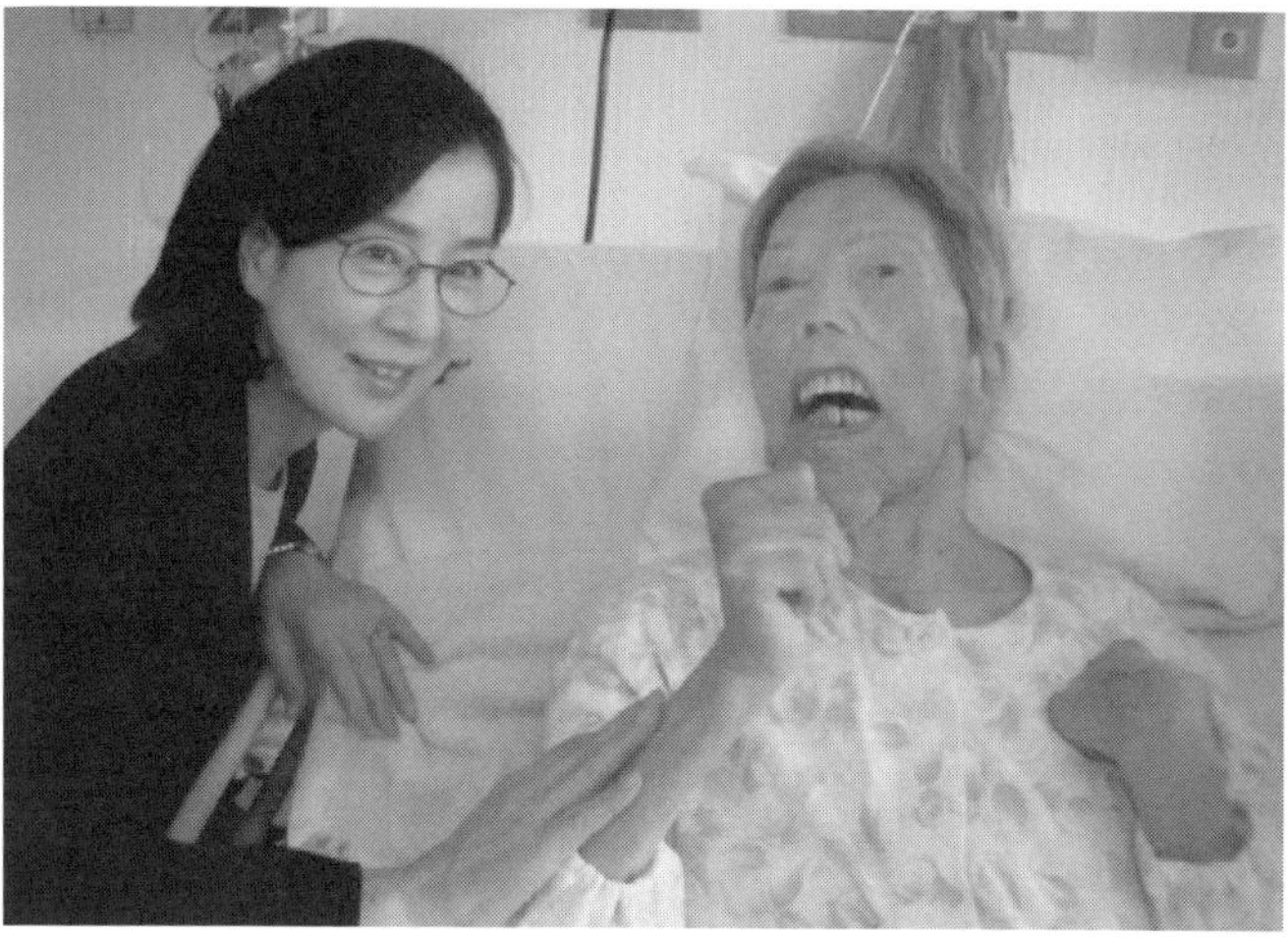
吉永小百合さん、塔和子さんを訪問。2008年４月30日

プライベートな訪問であることから、マスコミには知らせない、写真撮影は禁止という制約があったが、「塔和子の会」代表である私と数名の会員は同行を許可された。

離島にある大島青松園は、高松港から官用船で約二十分のところにある。高松港桟橋に現れた吉永さんは、黒のスーツとサングラス姿。意外にも小さくて華奢な感じがした。後で聞いたことだが、ハンセン病療養所の訪問は初めてなのでかなり緊張されていたらしい。

島に着くとすぐに病棟の塔さんを訪ね、感動的な出会いの瞬間が実現した。吉永さんは、ベッドに横たわる塔さんの側に寄り添い、その手を握り、さすりながら笑顔で塔さんの言葉を聞いておられた。そして色紙に「塔和子様、あなたの詩に深く感動しています。お身体を大切に、また詩を書いてくださいね。吉永小百合」と記された。

その後、園の放送で吉永さん自らが呼びかけて、島の会館に集まった約一〇〇人の入所者と職員の前で、挨拶と励ましの言葉を述べ、ちょっとした対話の時間となり、「吉永さんはどこの出身ですか」「どうしたらそんなに美しくなれますか」などの質問に応えながら、和やかな交流の時となった。その後納骨堂を訪ね、召天者に手を合わせて祈り、あっという間に二時間が過ぎ、見送りの人たちと熱い握手をしてお別れとなった。

私たちは帰りも高松港まで吉永さんに同行した。塔さんの部屋で特別許可を得て撮った記念写真以外は、撮影を禁じられていたので残念な思いがあった。吉永さんは船の後部のデッキに立って、遠ざかる大島に向かって両手を振って別れを惜しんでおられた。やがて島が霞んで見えなくなると、離れ行く島につながる海をじっと眺めている吉永さんの後ろ姿が見えた。その瞬間を私は見逃さなかった。持参のデジカメで「吉永さん、ごめんなさい。一枚だけ後ろ姿を撮らせてください」とつぶやきながらシャッターを押した。お顔が見えないその「後ろ姿」が、私の胸に深く刻まれた。

超多忙と言われる吉永さんが、思い切ってスケジュールを組み、この訪問が実現した。

しかし、その訪問は決して「有名人の慈善活動」などではなく、療養所に生きる塔和子という詩人が詠んだ詩に共鳴して、その思いを分かち合うための訪問だったと思う。二時間という短い時間だったが、入所者たちに励ましと希望を与える貴重な一日となった。

その後吉永さんは、昨年三月に再度大島を訪問し、映画「北のカナリアたち」を上映されたが、塔さんはその五カ月後の八月に八十三歳で亡くなられた。

今回受賞した映画「ふしぎな岬の物語」のテーマは、このハンセン病療養所を見つめる吉永さんの姿につながるものだろう。「かかわらなければ路傍の人」とうたった塔さんの詩（「胸の泉に」）は、きっと吉永さんのこころに響いているに違いない。

人は大切なことを背中で語ると言われるが、あの日見た吉永さんの小さな後ろ姿を忘れることが出来ない。

（「火山地帯」一八〇号　2015・1・1）

# 星塚荘の夜

三月末（二〇一五年）に、鹿児島県鹿屋市星塚町にあるハンセン病療養所「星塚敬愛園」を五年ぶりに訪問した。一九八七年以来九回目で、平均すれば三年に一回訪ねていることになる。訪問の主たる目的は、園内にあるキリスト教の恵生教会につながる入所者を訪ねることで、今回も教会の主日礼拝の説教のご用をさせていただいた。

今回はもう一つの目的があり、それは訪問前日に鹿屋市で本誌（「火山地帯」）主宰の立石富生さんに会うことであった。過去に一度会ったことがあるが、久しく望んでいたことで、三月二十七日（金）の夜、鹿屋市内の居酒屋「さつま七七万石」で待ち合わせた。

「火山地帯」の表紙の題字を書いている書家の田貫独心さんがご一緒だった。ビールと焼酎で盛り上がり、素晴らしい交流の時となった。

かねてから思っていたことは、立石さんの小説では、しばしば居酒屋やスナックを舞台にストーリーが展開されることだった。カウンターを挟んでのママとの会話、横の止まり木に座った謎の女性……、このような舞台の設定は経験者でないとうまく表現できないと思っていた。案の定、私たちは市内のスナックに場を移した。店の名前は忘れたが、美人のママがいて立石さんが上機嫌だったことは覚えている。ツーショットの写真もしっかり撮ったことも。「火山地帯」の賛助会員として、立石さんや田貫さんと膝をつき合わせて交わることが出来て楽しい鹿屋の夜だった。

星塚敬愛園では一泊二日のスケジュールだったが、いつも「星塚荘」という面会人宿舎で泊まらせていただく。夜になると、教会の方々が星塚荘に集まってくださる。高齢化が進んだ今では集まる人は少なくなったが、それでもYさんは缶ビール、Fさんはお刺身を、沖縄出身のUさんは自作の沖縄名物サーターアンダギー（揚げ菓子）を鍋一杯に入れて持ち寄ってくださった。私はこのような交流のことを「星塚荘の夜」と呼んでいる。

今回で九回目の訪問となったが、星塚荘の思い出は忘れることができない。二十八年前に初めて訪問した時、星塚荘で本誌の創刊者・島比呂志さんとお会いして二時間近くも話しあった。名刺代わりと言って「火山地帯」七十二号をいただいた。今年は会えなかったが、本誌の元同人で作家の風見治さんは、しばしば一升瓶をぶら下げて星塚荘を訪ねてくださり、杯を交わしたこともあった。また、元自治会長で本誌の同人だったTさんと議論したことは忘れない。二〇〇〇年八月、当時国賠訴訟の裁判で星塚敬愛園の原告となっている入所者と反対の立場をとる園と自治会が、激しい対立関係にあった。当時自治会長のTさんは、個人と自治会長の立場の狭間に立っておられた。私は焼酎の酔いで気持ちが高ぶり、同じ入所者が対立してたたかう状況を聞くに堪えられず、両者が何とか合意してほしいとTさんの前で号泣してしまった。

一九九七年の八月の訪問では、夜の星塚荘で「みんなでカラオケボックスに行こう！」と盛り上がり、翌日鹿屋市内に六人で出かけた。沖縄出身のFさんはしんみりと沖縄の民謡を、園内の老人クラブ会長のYさんは堂々と演歌を熱唱、女性のYさんは私と一緒に「銀座の恋の物語」をデュエットした。ユーモアのあるKさんは、「川崎先生のお陰で、初めて社会のこんな所へ来ることができました」と言って、マイクを握るや何と「ラブイズオーバー」を歌われたので皆がびっくり、全く音が外れていたからである。私はそのKさんの行動に非常に感動した。そして私は、好きな菅原洋一の「芽生えてそして」や「今日でお別れ」、最後に皆さんの要望で谷村新司の「昴」を歌った。

牧師として教会の礼拝で説教をし、夜の星塚荘では焼酎のカップを交わし、カラオケボックスでマイクを握る、この落差を揶揄する人がいるかもしれない。しかし、私にとってそこに矛盾はない。星塚荘での語らいは、皆が本音で向き合っていたと思う。ハンセン病問題の熱心な議論、聞いてほしい体験談、こういうところでしか話せない人間関係、馬鹿笑いを誘う世間話。よく語り、よく笑い、時には泣いた。

私は今年で、ハンセン病療養所を訪ねて三十一年目を迎えている。その間、全国十三園で多くの入所者と出会い交流してきた。その出会いの記録は八冊の大学ノートに詰まっている。星塚敬愛園設立と同時に誕生した恵生教会は今年、創立八十周年を迎えている。後継者がいない療養所は今、終焉期のただ中にある。「後継者がいない」という言葉に、ある意味でハンセン病療養所の歴史が凝縮されていると思う。ここは島比呂志さんが言った「奇妙な国」だったからだ。恵生教会員二十六人の平均年齢が八十五・六歳と聞いた。この現状は、入所者が一七〇〇人、平均年齢八十四歳となった全国ハンセン病療養所の縮図とも言える。「星塚荘の夜」でご一緒した方々の何人も他界された。「ラブイズオーバー」のKさんも。

教会が発行する『恵生教会八十周年記念誌』の原稿を頼まれたので、療養所の終焉とともに、やがて消えゆく教会の姿を「永遠につづく教会のいのち」とのタイトルで書いた。「星塚荘の夜」もまだまだ続く。いわば無形遺産のごとく、私のこころの中では永遠に続くのである。

（「火山地帯」一八二号　2015・7・1）

# 耳に花を見る

二十九年前（一九八七年）に、全国十三カ所の国立ハンセン病療養所を一気に訪問し、その時に出会った入所者の方々約一五〇人と交流を続けてきた。直接の訪問はもちろん、年賀状や暑中見舞いを含む文通によるつながりを続けてきたが、今ではその大半の方が亡くなられた。

熊本県にある国立療養所「菊池恵楓園」在住の中山弥弘さん（八十七歳）とは、直接お会いしたのは四回だけだが、毎年いただく年賀状と暑中見舞いには必ず聖書の言葉と俳句が記されている。

中山さんは熱心なクリスチャンで、病気は治癒していても、目が見えないことと左足が義足というハンディがある。十二歳で鹿屋市にある「星塚敬愛園」に入所、十五年後に菊池恵楓園に転園された。一九八六年に愛妻を亡くされてから、俳句に親しむようになり、これまで『日照草』（二〇〇七年）と『花すみれ』（二〇一〇年）の句集を出しておられる。

中山さんは、重い後遺症がある不自由な体であっても、「元ハンセン病患者であることを明らかにし、偏見・差別を訴えていきたい」「自分たちが社会に出てゆき、事実をありのままに語りたい。求められればどこへでも行く」と理路整然と語られた。

私は二冊の句集をいただき、その中に収録された約一四〇〇句を熟読した。私は俳句や短歌には全くの素人で適切な評はできないが、読み終えた時は心がとても豊かになった。「見えない目」で見た中山さんの世界。花や虫や鳥たちへの優しい思いやり、自然界の微妙な変化への気づき、故郷の肉親や友人への想いが滲み出ている。その中山さんの句を味わってみたい。

命の灯をともして消して舞ふ蛍
飛び回る短かき命歌ふ蝉
岩を打つ瀬音に負けじと河鹿鳴く
愛らしく舞ひ舞ふ小鳥名もしらず

「蛍」「蝉」「河鹿」「小鳥」のいのち。中山さんが日常の身のまわりで見て聞いたもの、それらの小さないのちに深い思いが注がれている。「空の鳥を見よ。野の花を見よ」と言われたイエス・キリストの言葉を思い出す。どんな小さないのちでも、その日一日を一生懸命生きている姿に感動して詠まれたのだろう。

河鹿ガエルが、岩を打つ瀬音に負けじと必死に鳴いている様子から、生きることの懸命さが伝わってくる。「雨音に負けじと河鹿声を張る」という句もある。昭和四年生まれの中山さんの生涯、ハンセン病療養所という激しい激流の中で必死に生き抜いてこられた人生と重なる。

小さき身に命燃やして舞ふ蛍
古塀を盾にカンナの燃ゆる如
垣根越しのうぜんかずら燃ゆるごと
老桜の命燃やして今盛り

「燃える」という言葉が印象的で、蛍、カンナ、のうぜんかずら、桜のいのちの燃えているような姿を、見えぬ目の眼裏に浮かべながら自分の人生に重ね合わせている。老木になってもなお花を咲かせる老桜に、八十歳を越えた自分を重ねた中山さんの人生。そのこころはますます燃えて、今も盛りである。

野の花を耳に見ている白い杖
杖止めて鐘聞く盲秋深し
草の芽の萌えしか杖の音変はる
しゃがみこみ鈴虫聴きをり白い杖

「白杖」をテーマにした句。目が不自由な中山さんにとって、白杖は目の代わりである。最初の句の「耳に見ている」という表現を深く探りながら私なりにイメージを膨らませた。目で鑑賞することが出来ない中山さんは、野の花の前で杖の動きを止めて、花の香りを感じながらじっとその方向に耳を傾けている。「耳に花を見た」のだ。耳が目の働きをしている。その情景が一枚の絵のように私のこころに浮かんでくる。

三句目も印象に残った。何気なく杖をついて歩いていたところ、萌えだしてきた草に触れた杖の擦れる音が一瞬変わる。「ああ、ここに春が来ている！」ということを感じた瞬間が詠われている。白杖を通して感じ取る集中力。

中山さんの俳句が文学的に優れているかどうかは問題ではない。これらの作品は、生きた証しとしての「いのちの表現」である。

二〇〇二年からハンセン病文学の集大成として、『ハンセン病文学全集』（全10巻・皓星社）が刊行された。小説、記録、随筆、評論・評伝、詩、短歌・俳句・川柳、児童作品などが収録されている。ハンセン病と偏見・差別の二重苦を負わされ、社会から隔絶された環境の中で、患者たちは文学を表現することの中に生き甲斐を見つけ、生きた証しを遺してきた。

中山さんが紡いでこられた、十七文字に凝縮された作品の中に込められた世界が、どのようなものかを深く考えさせられた。

「耳に見る」という短いフレーズの中に表現される一瞬の静。鳥や虫や花たちが歌い、舞い、燃やすいのちの動。どの句からも、生きるいのちの懸命さが詠まれており、私はそれらの表現の中に、普遍的な人間讃歌を見たように思った。

生かされし限りを唄ふ油蟬

望みもて生きぬく君に春の風

（「火山地帯」一八八号　2017・1・1）

# 望郷のうた

ふるさとは遠きにありて思ふもの
そして悲しくうたふもの

有名な詩人・室生犀星の『抒情小曲集』（大正七年）の詩「小景異情（その二）」の冒頭の句である。私は高校時代の国語の授業でこの詩を習った。作者が郷里の金沢と東京を往復していた時代にうたった詩で、「故郷」への強い愛情がにじみ出ている。

人は誰にでも故郷があり、そこに人生の原点がある。地理的にその場所を離れても、そこでつくられた家族の絆は消えることはない。「故郷」につながるという独特の想いが、人生を豊かにしていると思う。

しかし、そのような故郷につながる家族の絆が切り裂かれてしまった異様な社会がある。ハンセン病療養所がそれである。親と子が、そして兄弟たちが離れ離れに生きることを余儀なくされた人たちの苛酷な人生。時が過ぎて歳を重ね、気がつけば平均年齢八十四歳の家族を失った人たちの現実がここに横たわっている。もちろん、その歴史の過程で誤った国の政策が廃止になり、その人たちの人権が回復され、療養所の状況も改善されてはいるが、すべて問題が払拭されたわけでない。

私は毎月一回、多磨全生園内にある秋津教会の礼拝説教の応援に行っているが、この教会の近くに「望郷の丘」と呼ばれている小高い丘がある。最近は、子どもがそこに登って危険なので周囲にフェンスが張られている。この丘は、かつて入所者の逃亡を防ぐための堀を造る際の余り土で出来た築山だったそうである。その丘の上に立てば、遠くに富士山や秩父の山々が影絵のように浮かんでいるのが見えた。大正十三年に作られた園歌の一節がその様子を語っている。「あしたに仰ぐ不二の山／ゆうべに映ゆる秩父の嶺／空より広き武蔵野の／中に我等の住いあり」。入所者たちはこの築山に登り、望郷の念に涙を流したことから「望郷台」と呼ばれるようになった（多磨全生園患者自治会編『倶会一処《くえいっしょ》』より）。

邑久光明園「ふじ公園」に設置された音声碑

二〇〇三年発行の『ハンセン病文学全集』（第10巻〈児童作品〉）に、「望郷台にのぼれば聞ゆ遠き日の母のみ声がそのまま胸に」（青年学級K・S）という句がある。現在は周囲の木々でこの丘が見えにくくなっているが、この丘には入所者が流した多くの望郷の涙が染み込んでいるだろう。

岡山県の長島にある国立療養所「邑《お》久《く》光《こう》明園《みょうえん》」の美しい瀬戸内を望む場所に、「ふじ公園」がある。その中に「憩いの小道」が設置されているが、その道路際に三つの「音声碑」がある。それらには童謡・唱歌の「故郷」「赤トンボ」「月の砂漠」「みかんの花咲く丘」「春の小川」等の曲がセットされている。その前に立てばセンサーが働いてメロディーが鳴りだす。憩いの小道を散歩する入所者が、瀬戸内の美しい風景を眺めながら、あるいは視覚障害者たちが潮風に吹かれながらこの音声碑の前に立ち止まると、懐かしい童謡・唱歌が聞こえるのである。それらは総じて代表的な日本の故郷の歌である。私はこのふじ公園の「憩いの小道」を通って、何度も光明園家族教会の礼拝に出席したことがある。

この教会の信徒代表の金地慶四郎さん（視覚障害者）が、二〇一〇年に関西テレビが制作したドキュメント番組「望郷の島から――ハンセン病と家族の絆」に出演された時、訪ねてきた子どもの前で、ハーモニカで「故郷」と「浜千鳥」を演奏された場面があった。そのハーモニカの音《ね》には、何とも言えない哀愁があって、郷愁を駆り立てる響きだった。金地さんは、家族のことはいつも気にしているが縁を切っていると言われる。その重くて深いお気持ちは、当事者でない私たちの思いをはるかに超えているが、望郷の島から奏でる金地さんのハーモニカの音は、幼い頃を過ごした故郷に届いていると思った。

私が初めてハンセン病療養所を訪ねたのは、宮城県にある東北新生園だった。一九八四年だから、もう三十二年になる。そこにあるキリスト教会の信者さんで、近江キヨさんに出会った。彼女は十一歳で入所、お顔にかなりの後遺症があり、両眼は失明しておられたが、声は残っていた。後日手紙を出すと、すぐ職員の代筆で返事が届いた。

「先生の手紙が届く前に、私は『誰か故郷を想わざる』を一人で口ずさんでいました。私も歌が大好きなので、いつも歌っています。いつか先生の歌もお聞きしたいですね」と書いてあった。

近江さんには身寄りがなく、故郷がないことを聞いていた。この歌は、西条八十作詞、古賀政男作曲で、霧島昇が歌った遠い昔の懐メロである。歌詞の解説に「古賀が故郷の福岡県の片田舎への望郷の思いに駆られて作曲した」と書いてあった。

花摘む野辺に　日は落ちて
みんなで肩を　くみながら
唄をうたった　帰りみち
幼馴染の　あの友この友
ああ　誰か故郷を　想わざる

近江さんの閉じてしまった目の中に、どんな故郷が映ったのだろうか。近江さんとの交流はさらに深まり、手紙を交換し、毎夏一回は訪問した。しかし、近江さんは皮膚と目のがんを患い、辛い生活が続くようになった。

二〇〇二年の夏、いつものように暑中見舞いを出すと、数日後に「死亡につき返送します」との付箋がついて返送されてきた。あぁ、何ということだろう！　東北新生園での生活は六十一年間、七十一歳の故郷のないひとりぼっちの生涯だった。しかし、地上の故郷には帰れなかったが、神様を信じた近江キヨさんは、きっと「天の故郷」に帰られたと信じている。

（「多磨」２０１６年12月号）

# ひとりぼっちの礼拝堂

私は公益社団法人好善社に属して、全国のハンセン病療養所を訪ねる活動をしている。一八七七（明治十）年に設立された好善社は、「キリスト教精神を社会的に実践する」という理念のもとに、一四〇年間の活動を続けてきた。現在ではその活動の一つとして、好善社に属する牧師たちが、療養所内にあるいくつかのキリスト教会の礼拝説教の応援に行っている。

全国の国立ハンセン病療養所には二十九の教会があり、大別すると二十三のプロテスタントとカトリックの教会、そして教派に属さない六つの単立教会がある。今日では療養所全体の終焉期による高齢化と比例して、礼拝出席者が激減している。その中で、私が最も多く関わってきた教会は多磨全生園内の「秋津教会」と大島青松園内の「キリスト教霊交会」（略称＝霊交会）である。今回は霊交会について、私の思いを述べてみたい。

瀬戸内海の高松沖にある小さな島（周囲七・二キロ）にある大島青松園は、一九〇九（明治四十二）年に連合府県立療養所第四区として設立された。霊交会は、その五年後の一九一四（大正三）年十一月十一日に、三宅官之治、長田嘉吉（穂波）ら五人によって創立された。「祈りと愛と霊性」を生命線として、霊交会は一世紀の歩みを続けて来た。

一九三五（昭和十）年、アメリカの協力で会堂を建築、一九六四（昭和三十九）年に好善社の協力で改修した。有名な建築家ウィリアム・メレル・ヴォーリズ（一八八〇～一九六四、日本名・一柳《ひとつやなぎ》米来留《めれる》）の設計による会堂は、現在もその風格を保っている。創立初期の困難な時代、他宗教からの激しい迫害、創立から一九九六年までの八十二年間、毎日夕べの祈祷会を続けたということなど、その歴史を振り返りつつ神の深い摂理を思った。

時が流れ、入所者の減少にあわせて教会員も激減した。二〇一四年十一月十一日に、創立一〇〇周年記念礼拝が行われたが、教会員が四人になってしまった二〇一五年七月で、会員の体調などからついに礼拝を中止せざるを得なくなり、キリスト教霊交会一〇一年の歩みに終止符がうたれた。その後、幼児の時から深いつながりのある歌手の沢知恵さんのお世話で、毎月の最終日曜日に有志による礼拝が継続され、私も随時協力している。

私が霊交会礼拝に協力（説教）をしたのは一九八六年が最初だが、二〇〇二年から毎月一回定期的に通うようになった。記録を見ると、一九八六年から二〇一六年までの三十年間で、一七四回の礼拝説教の応援をしている。もちろん説教者は、私以外の数人の牧師の協力があった。

私は三年前（二〇一四年）に大阪府豊中市に転居したが、それまでは兵庫県西宮市に住んでいた。四国高松市には、前日に神戸から高速バスで明石海峡大橋と鳴門海峡大橋を通って行き、高松市内のホテルに宿泊、翌日早朝に高松港から官用船で大島に渡る。その時間は約二十分だが、強風や濃霧で欠航することがある。高松まで来たのに、欠航で大島に渡れないことが五回もあった。

三十年間の大島行きには、恥ずかしい失敗も含めて様々な経験をした。ある時、目覚まし時計が鳴らず、九時十分の船に間に合わず、たまたま他の牧師が出席されていたので急遽代わってもらったことがあった。寝ぼけてホテルにネクタイを忘れ、ノーネクタイで講壇に立ったこともあった。

礼拝は外部からの出席者がない時は、十人前後を数えたが、ここ数年は五、六人になっていた。私にとって忘れられないのは、司会者と会衆が一人の礼拝である。二〇一一年二月二十日のこの礼拝を、私は「ひとりぼっちの礼拝堂」と呼んでいる。その日はたまたまいろいろなことが重なって、礼拝堂は司会の脇林清さんと説教者の私を除けば、会衆席は南部《なんぶ》剛さんと座布団だけだった。私は慣れているとは言え、ひとりの方と座布団に向かって説教する何とも味わい深い経験をした。

ちなみにこの南部さんは、当時九十五歳の視覚障害者だった。南部さんがキリスト教会に行くようになったきっかけは、ある日誰かに「せいしょう」を持ってきてと頼んだら、「聖書」が届けられた。実は南部さんは、園の自治会が発行している機関誌「青松」を頼んだが、その人は聖書と勘違いしたのである。以来、南部さんはクリスチャンとなり、熱心に礼拝に出席された。目が不自由だが、その姿勢がまっすぐで凛としたお姿が印象的だった。二〇一五年三月十五日、ベッドの南部さんをお見舞いしたが、その十一日後の二十六日に静かに天国に旅立たれ、九十九歳の人生を全うされた。

霊交会代表を長らく務められた故・曽我野一美さんは、常々「療養所教会というのは、そもそも有限の存在であって、入所者が居なくなれば、その時点で教会生活は終わる。そういう約束の上に成り立っている教会である」と述べておられた。つまり、療養所教会はいつか必ず終焉を迎える「消えゆく教会」なのである。

「ひとりぼっちの礼拝堂」2011年２月20日
大島霊交会の礼拝風景（礼拝直後に筆者撮影）

大島霊交会の礼拝に行くために、松木立の間の細い一本の道を登って行くと、丘の上に立つ教会の十字架が見えてくる。この道には礼拝や祈祷会に通った人たちの無数の足跡が染み込んで残されている。療養所が終焉を迎える時、目に見える療養所教会の使命はそこで終止符を打つ。しかし、過酷なハンセン病療養所の中で生き抜かれた人々の信仰は消えることはない。

創立一〇〇周年記念会に出席した帰り際に、サイン帳が回ってきてコメントを書くように求められた。私は「祈り、愛、霊性が霊交会のいのち。そしてやがて消えゆく教会、しかしいつまでも消えない教会」と書いた。そしてこの日、私がこころに刻んだ三つの数字、それはキリスト教霊交会創立一〇〇周年、召天者一八二名、現在の会員六名という数字であった。その後四人になった霊交会は、八カ月後の二〇一五年七月三十一日をもって、地上の歩みの使命を果たして静かに幕を閉じた。

私は、ひとつの療養所教会の終焉を厳粛な思いで見届けた。「ひとりぼっちの礼拝堂」はその住人を失った。しかし私は今、その聖なる舞台に参与した人たちの信仰の遺産を継承しなければならないと思っている。それが、礼拝説教者として講壇に立たせていただいた者の重い責任だと思うからである。

(「多磨」2017年3月号)

# ナナカマドの歌

国立ハンセン病療養所では、入所者自治会が機関誌を発行している。ただ、最近では入所者の減少と高齢化により、編集作業を職員に委嘱しているところが多い。また、入所者の投稿も激減しているが、その中で「短歌」「俳句」「川柳」「詩」などの文芸欄への投稿者は続いている。私は多磨全生園の「多磨」を毎月愛読しているが、その短歌欄で投稿しておられた坂井《さかい》春月《しゅんげつ》さんの短歌に注目していた。今年で九十八歳の坂井さんは、作歌生活三十五年間の集大成として、二〇一二年に歌集『ナナカマド』、二〇一六年に『続・ナナカマド』を出版された。

この歌集が二〇一七年十二月、坂井さんの故郷新潟県の第十回新潟出版文化賞優秀賞を受賞した。選者は「『命の記録らいの歴史と兼ね歌ふ歌集はわれの来し証し』と詠まれたこの歌集を、私は威儀を正して読んだ。そして深々と頭をさげた。歌の持つ力がそうさせたのだ」と語っていた。

私は、同じ入所者で坂井さんの保護者である方からこの歌集をいただいて読んだ。第一歌集は四五〇首が収録され、「回想」「里帰り」「病ひ」「生活」など、故郷を離れ療養所生活八十年間の著者の人生が詠われていた。

古里を追はるる如く早朝に家を出でしは昭和七年
黒ぬりの収容門は内側から冷えびえしたる音して開けり
絆絶ち人目を避けて世の隅に七十四年の年を重ねく

ハンセン病を発病してから故郷を離れて入所、苦悩の人生の始まりと経緯がよく分かる。その後、「視力ゼロ聴覚ゼロとなりたりしわれのみが知る闇のどん底」と詠われたように、目、喉、耳、膵臓、皮膚癌、骨粗鬆症、腰痛など、様々な病と闘いながら生き抜いてこられた壮絶な人生に圧倒される。しかし、そのような苦悩の中からやがて病が癒され、故郷の新潟・佐渡に帰ることができた。

プロミンのお陰で無菌の身となりて郷土の人と握手交しぬ
苦しみのどん底をぬけし里帰り歓迎会に夢の如座す
こだはりもわだかまりもなく和やかに歓迎会の席もり上がる
わが詠みし歌の多くは里帰り古里人の心と情け

ハンセン病の故に家族と故郷の絆を断たれた者の帰郷が実現したことは、人としての尊厳の回復を意味する。

第二歌集『続・ナナカマド』は、第一歌集出版の四年後に「多磨」誌上の作品から掲載年順に三九三首が収録されている。二冊目の特徴は、予期しない厳しい余病との闘いがモチーフとなっていることである。実は、「多磨」誌に長い間続いていた坂井さんの投稿が、二〇一六年二月で終わった。

「腰背中や胸腕足と容赦なき痛みは己れの業の深さか」「痛み止めの錠剤塗薬使へども身体発疹は夜も眠らせず」「締め切りの歌詠めず脳の陥没に脳の働き衰ふを知る」。何重もの病と向き合い、歌壇の評者の篠弘《しのひろし》氏に「病気の百科事典」と言われた作者が、あたかも治療生活の報告のような歌を詠っていたが、その日常の壮絶でリアルな歌に説得力があった。しかし高齢と身体の痛みによって、投稿の中止を余儀なくされたのだろう。

私は、最初の歌集『ナナカマド』を読んだ時、読後の感想文を坂井さんに送ったことがあった。すると四年後に発行された『続・ナナカマド』に、「拙なかる歌集『ナナカマド』の読後感お寄せ給ひし川﨑牧師」という一首を載せてくださった。

視覚障がい者の坂井さんは、補聴器なしには聞こえない、味覚もなく、器具による排尿など、極めて不自由な状態が続いている。もちろん医師や介護者によるサポートがなければ成り立たない日常である。もうぎりぎりの息づかいが聞こえるような坂井さんは、それでも生き抜こうとする気概溢れた歌人である。

筋萎縮性側索硬化症という難病の夫を十三年間看病された玉川よ志子さんの『終りに言葉なき言葉ありき』という本の中の言葉を思い出す。「人間が生きていること、意識のあるなしにかかわらず、また、たとえ沈黙の状態にあろうとも、生命ある限り、それ自体が表現しているということではないか。人間がそこに存在しているということ、そのことだけで最低ぎりぎりの表現にほかならない。『生きることは表現する』ことであり、また

『生きることは愛』である」

坂井さんも、「人生に与えられたる定めなれ幾度生死の道越えきしか」と詠み、「視力ゼロとなりて四十三年後に始めし短歌いまに続けり」「命の記録らいの歴史と兼ね歌ふ歌集はわれの来し証し」と詠うのは、「生きることは表現すること」と同義語であろう。

本の題名「ナナカマド」は、坂井さんの里帰りの折りに県知事公舎の庭に植樹された記念樹と説明されていた。この木は白い花を咲かせた後に、真っ赤に染まる紅葉や果実が美しいことで知られている。そして「ナナカマド」とは、七回竈《かまど》で焼いても燃え尽きないほど丈夫な木であることからついた名前だそうだ。その意味でナナカマドは、赤く燃え続ける坂井さんの生への熱い執念の炎を象徴していると思った。

（「火山地帯」一九三号　２０１８・６・１）

# 十九の春

私が全国にある十三カ所の国立ハンセン病療養所を訪問するようになって三十四年になる。その延べ回数は今年四月末で四九一回を数える。特に多いのは、キリスト教会の礼拝説教の応援や特別なかかわりをもった詩人・故塔和子さんが在住した大島青松園二二〇回、多磨全生園一三五回、邑久光明園四十六回である。その療養所はもう終焉期を迎えていて、全国の入所者数は一四〇〇人を割り、平均年齢は八十六歳となっている。どの療養所も今では息をひそめるような静けさで、かつて盛んだったカラオケやゲートボールを楽しむ声もほとんど聞こえてこない。

療養所訪問で色々な思い出があるが、これまで十回訪ねている鹿児島県鹿屋市にある星塚敬愛園について述べてみたい。

一九三五（昭和十）年に、沖縄と奄美大島から二四六人がこの療養所に収容された。同時にその中にいたクリスチャンたちによって恵生教会が誕生した。私はこの教会の人々と特に深い交流を続けてきた。礼拝の説教協力や文通、訪問時の懇親などを重ねる中で忘れられない思い出は、教会の人たちと一九九七年と二〇〇〇年に、鹿屋市内のカラオケボックスに行ったことだ。

当時、療養所内ではカラオケは盛んだったが、園外に出て町中で歌う機会はあまりなかった。夜の懇親会で盛り上がり、翌日六人と一緒に車で出かけた。みんなが自分の得意な曲を歌いだし、私も十八番《おはこ》の菅原洋一の曲や谷村新司の「昴」などを歌った。老人クラブ会長のYさんの演歌はなかなかの熱唱。私はさらに、ただひとりの女性の参加者Yさんと「銀座の恋の物語」をデュエットして拍手喝采を受けた。

特に私の印象に残ったのは、大迫秀雄さん（二〇一〇年に八十三歳で逝去）が歌われた「十九の春」だった。

沖縄民謡として有名な歌だが、内容は大迫さん作詞による替え歌だったのだ。後日、送って頂いた七番までの歌詞の全行は次の通り。

## 十九の春

1
私が敬愛園に入ったのは、
ちょうど十九の春でした。
一生治らぬ病だと、
言われて枕が濡れました。

2
夜中に腹へって眠られず、
国の母さん思い出し、
どうして病気にしたんだと、
親をうらんで泣きました。

3
ノミやシラミやカイセンや、
これが私の友でした。
畳じゃかゆくて眠られず、

みんな板間でゴロ寝した。

4

熱こぶ神経痛虹彩炎、
これが私の病です。
大楓子注射も効き目なく。
変な体になりました。

5

無断外出見つかれば、
暗い監禁入れられて、
寒い真冬に火もなくて、
梅干しひとつがオカズです。

6

長い闘い終わりたり、
われらも人権与えられ、
新薬プロミン現れて、

治る病気となりました。
やっと予防法廃止され、
外出自由となりました。
ゲートやカラオケ楽しんで、
みんな明るくなりました。

7

アカペラで歌われる大迫さんの声を聴きながらしんみりとしてしまった。沖縄民謡独特の五音で構成された節回しに哀愁が感じられ、その歌詞がハンセン病療養所で生きてきた大迫さんの人生物語となっている。療養所での辛い生活がわかりやすく表現されており、すべてのハンセン病療養所の実態を映し出している。

大迫さんが属したキリスト教の恵生教会のみなさんはとても明るくて優しい。ユーモアもあった。ある時、私がバイク事故で大怪我をした上に、糖尿病で食事のコントロールをしていると話した時、教会代表の福仲功さんが、「血糖値は高くても、好きなビールは止められない」というユーモラスな川柳らしき句を詠まれたので、私は「バイクで転んで怪我しても、星塚詣では止められない」とお返しした。そのバイク事故での怪我の時、教会の二十四人の方々が、Ｂ４判の紙にお見舞いのメッセージと鳩や蜜蜂、たくさんの種類の花の絵を描いて送ってくださった。私の宝物となっている。

この恵生教会が、二〇一五年十二月に創立八十周年記念誌を出版された時、私も「永遠に続く恵生教会のいのち」という小文を寄稿した。高齢化が加速し、後継者がいない療養所内の教会は、やがて「消えゆく教会」である。しかし、目に見える姿はそうであっても「消えない教会のいのち」があると思う。

大迫さんが遺された「十九の春」の歌詞は、その意味で大迫さんの「生きた証し」であろう。大迫さんの哀愁を帯びた歌声が、私の胸に甦ってくる。

（「多磨」２０１８年6月号）

# 人間回復の橋

平成から令和への代替わりから二カ月が過ぎた。もともと私は西暦で意識することが多いが、改めて平成の三十一年間がどういう時代だったか、ハンセン病問題から振り返ってみると、大きく三つの出来事があった。

① 一九九六年（平成八年）「らい予防法廃止に関する法律」成立。

② 二〇〇一年（平成十三年）「らい予防法」違憲国家賠償請求訴訟原告勝訴。

③ 二〇〇八年（平成二十年）「ハンセン病問題の解決の促進に関する法律」成立。

約一世紀間にわたって差別されてきたハンセン病を病んだ人たちの人権が法律的に回復した三十年だった。昨年（二〇一八年）五月に、その象徴的な出来事があった。「邑久長島大橋開通三十周年記念式」である。

全国に十三カ所の国立ハンセン病療養所がある。国の強制隔離によって患者を収容するためには、一般社会から隔絶された場所、山間部や海岸、島などが選ばれた。そのうち瀬戸内海の二つの島に療養所が出来た。そのひとつが岡山県邑久《おく》郡（現在は瀬戸内市邑久町）虫明にある「長島」だった。ここに昭和五年に設立された日本最初の国立療養所「長島愛生園」と昭和十三年に大阪から移ってきた「邑久光明園」がある。本土・虫明と長島との間は、瀬溝《せみぞ》と呼ばれたわずか三十メートルの海峡に長い間橋がなかった。長島愛生園の場合は日生《ひなせ》からポンポン船で渡ることもできたが、瀬溝を渡って邑久光明園に行くには、渡し船が唯一の交通手段であった。私もこの「瀬溝の渡し船」に乗って療養所を訪問したことがある。その島が瀬戸内の風光明媚な環境にあったとしても、強制隔離された入所者たちには、いわば島流しの状況の中に置かれていた。しかし、入所者たちの粘り強い運動により、やっと厚生大臣が「強制隔離を必要としない証」として橋の必要性を認めた。そして、一九八八年に全長一八五メートルの「邑久長島大橋」が開通した。架橋工事費六億九千三百万円。入所者たちが架橋運動を始めてから十六年の歳月を要した。この橋は「人間回復の橋」と呼ばれた。

二〇一八年五月九日、架橋三十周年記念式が行われ、その模様を邑久光明園の機関誌「楓」誌が二回にわたって特集した。その中に、「架橋三十年に寄せて」と題して二人の入所者の川柳が掲載されていた（通算第五八一号）。そのひとりの山内宅也さんの句が目にとまった。

平行に対岸へ橋三十年
橋つなぐ対岸の手と三十年

数年前、私は虫明の小さな漁港から邑久長島大橋を撮影した。それまで何度もこの橋を撮影してきたが、このようなアングルでの撮影は初めてだった。山内さんの川柳を読んだ時、その写真を思い出した。この句のポイントは「平行に対岸へ」と「対岸の手と」という表現にあると思った。「平行」は、「交わることのない同じ平面上の二直線」という意味とともに、「ひらた・たいら・かたよりがない・平等なこと」という意味もあるが、作者の意図は後者にあるのだろう。この橋は、左右の対岸が同じ高さに調整されている。差別した側の本土と差別された側の長島（ハンセン病療養所）が「平行」につながったのであ

「邑久長島大橋」長島（右）と本土・虫明を結ぶ全長185 mの架橋。1988年開通。
強制隔離撤廃の証として「人間回復の橋」と呼ばれた。2016年11月　撮影/筆者

る。そこにこの架橋の重要な意味があると思う。そう思いながら、真っ直ぐに架かっている橋の写真を注視した。

もう一句の「対岸の手と」という表現、長島の側から見れば対岸は「本土・虫明」を指すが、その地域の人々の「手」とつながったというのである。それは握手する手であり、日常生活を営む人びとの手である。この橋が開通した時に、「島の橋こころの橋もかけばやな」と詠った入所者がいたが（『風と海のなか―邑久光明園入園者八十年の歩み』三八九頁）、目に見える物体としての橋とともに、「こころの橋」が今つながったという思いが表現されている。

この写真の撮影に際して私が意識したのは、手前の小舟やロープ、白い浮具などを入れるこ

とである。つまり、虫明漁港の人びとの日常生活を、向こうの橋に併せて写したかった。「対岸の手」と「平行に」つながったことを表現する一枚の写真なのである。実は、私が一九八三年に「瀬溝の渡し」に乗って訪問した折に、虫明の漁港を描いたスケッチがある。三十数年の時空を越えて長島の今があることを感慨深く振り返った。

ただ、前述したように瀬戸内に設置されたもう一つの島の療養所、大島青松園（一九〇九年・明治四十二年設立）には、つながる橋がなく高松港からの官用船が片道約二十分で運航している。高松港の東方約八キロ、周囲七キロの小島だが、橋を架けるにはあまりに遠すぎる。開園以来一一〇年、この療養所は橋のない孤島の歴史を刻んできた。

私は、その大島青松園にあるキリスト教会の礼拝説教の協力と詩人・塔和子さんを訪ねるために、神戸と大阪から高速バスで三十年間通った。そのバスは、明石海峡大橋と鳴門海峡大橋（大鳴門橋）がつなぐ神戸鳴門ルートを通ったが、その他に四国架橋は瀬戸大橋を含む児島・坂出ルート、さらに五つの美しい橋でつながる尾道・今治ルート（瀬戸内しまなみ海道）がある。これらの立派で美しい橋を渡る度に、あの邑久長島大橋の風景が私の頭に思い浮かんでいた。

橋は言うまでもなく、ひとつの場所・空間をつなぐもので、そのことによってそれぞれの文化が共鳴し、新しい出会いが生まれ、新しい人間関係が創出される。邑久長島大橋が「人間回復の橋」と呼ばれたのは、そういう普通の人間関係の回復の実現を意味している。

平成元年（一九八九年）の全国療養所入所者数は六七七三人だったが、三十年後の現在（二〇一八年十二月末）は約一二四五人になった。「楓」（五八二号）に寄せられた入所者・三上果穂さんの短歌が、私のこころに響いている。

この島を終《つい》と決めたるわが半生　振り返りつつ今日も橋行く

（「多磨」2019年7月号）

# 鎮魂の千本桜

昨年（二〇一九年）十月二十九日に、二年ぶりに宮城県登米《とめ》市にある国立療養所東北新生園を訪問した。一九八四年八月に、この療養所で実施した好善社のワークキャンプに私が参加してからちょうど三十五年になる。以降、自分の怪我で行けなかった年を除いて毎年訪問し、今回で三十四回目を数えた。

かつて西宮市（現在は豊中市）に在住していた頃は、大阪・伊丹から仙台まで飛行機を利用したが、脚の怪我で障がい者になったことのリスクを考え、二つの新幹線（東海道と東北）を利用、片道五時間の旅程となった。前日は東北新幹線「くりこま高原駅」横のホテル・エポカに宿泊、翌日午前中に予めアポイントをとっていた久保瑛二自治会長と懇談した。

一九三九（昭和十四）年に開設、今年で開設八十周年を迎えている同園の状況について、久保会長から伺った。ピーク時は七〇〇人ほどだった入所者は現在五十七人、平均年齢は八十七・八歳になった。十四歳で入所された久保会長は今年八十六歳、自治会長をなんと五十四年も続けておられる。会長は国の強制隔離によって開設されたことを祝うことはできないと言われた。しかし、「私たちは、平成十二（二〇〇〇）年に過去の歴史を踏まえて、当新生園の来るべき将来構想を練りに練って作成し、今日に至っております。三十五万平方の形態も変化を遂げ、本質的に暗い過去のややもすれば鼻つまみのように見られた施設も、将来の青写真が暗い過去を背負った悲しい歴史とも離れ、ここへ来て新たな歴史の創造をまさぐっております」と語られる（自治会機関誌「新生」平成三十一年三月発行第七十一巻第一号〈年頭の挨拶〉）。強制隔離による暗い歴史を嘆くだけでなく、現実の中から園の将来構想を熱く語られた。

早くから全国療養所に先駆けて新生園独自の将来構想をまとめ、地域社会との共存を前提にその構想図を描き、国と交渉して着々と進めて来られた。その将来構想図に共感する全国の療養所からの見学が相次ぎ注目されている。既に敷地の北側に、二〇〇八年から三年続けて「第1メープルケアセンター」「第2メープルケアセンター」、多目的会館の「さくらホール」などを完成、次々と整備されてきた。そして今年早々に三階建ての「第3メープルケアセンター」が完成するが、その三階が入所者の「終の棲家」になると言われた。なお、メープル（楓）とは、自治会の名称が「楓会」であるが、同時に「不自由者」という言葉を使わずに、園内に多数植えられている楓をシンボルにして付けたと伺った。

開園以来の死亡者が八四七人になり、その方々への鎮魂の桜の木を園内に植樹している。現在八五〇本を植樹、あと五年で一〇〇〇本になり、東北新生園は「千本桜の里に生まれ変わることと思います。それが鎮魂の里としての私たちの生きた証しです」と語られた。「練りに練って作成した東北新生園の将来構想」の夢がやがて実現しようとしている。園の終焉を語られるのに、なぜかそこに久保自治会長の希望につながるロマンのようなものが感じられた。

東北新生園のホームページに記載されている園の俯瞰図を見ると、全体の風景がよく分かる。中央の睦ヶ池を中心に広がる敷地の下部にあった居住舎はほとんど解体され、上部のメープルケアセンターに入所者は移されている。この広大な敷地が、やがて「鎮魂の千本桜の園」になるという。

三十五年前の一枚の写真がある。好善社が初めて実施したワークキャンプの参加者たち

好善社が初めて実施した東北新生園でのワークキャンプの参加者たち。1984年８月。後列右から７番目が筆者。

が、後に建立される納骨堂（霊安堂）の造成工事で、入所者と一緒にツルハシやスコップで汗を流した。この時から三十五年間で、私は五十人の方々と交流していたが、そのうちの三十二人が他界された。思い出せば、涙が出るほどのドラマが一杯ある。新生園で出会った人たちは、素敵な方々ばかりだった。三つのキリスト教会の礼拝や懇親会で交わりを深め、個人的な訪問で食事やカラオケなど、楽しい時間を共に過ごした。谷村新司の「昴」を歌って盛り上がり、教会代表として毎年私を歓迎して下さった牧実さんの葬儀に出席した。「ああ、さんざめく名も無き星たちよ。せめて鮮やかにその身を終われよ。我も行くさらば昴よ」と心の中で歌ってお送りした。

素敵な姉妹と出会った。現在入室中のお姉さんは園内最高齢の一〇二歳、若い時から短歌が趣味で『短歌とともに』という歌集を出されている。お元気な九十一歳の妹さんは、いつも私をお部屋に招いて話して下さる。歌を詠む静かな姉と活発に動いて姉を支える妹というコンビにお会いするのが楽しみだった。

八年前に九十六歳で亡くなられたSさんは、「先生！　トマトとキュウリを持ってきたよ」と、早朝に畑で出来た野菜を度々宿舎に届けて下さった。曲がった指にゴムでペンをくくって書かれる文字は達筆。味わい深い俳句を詠み、純粋で信念を曲げない固い信仰の人であった。

嬉しい話を聞いた。視覚障がい者で八十八歳になられたAさんは、昨年ご夫人が他界され悲しみの日が続いたが、近くにおられる娘さんが訪ねて来られるのが楽しみ。そのAさんが、本誌「多磨」に連載している拙文「人生の並木道」を読んでいると言われた。毎月、自治会室から「多磨」誌を借り出し、職員の方に側で読んでもらうそうである。

かつて、仙台空港からJR仙台駅に向かうリムジンバスの中で聞いた、さとう宗幸の「青葉城恋唄」の歌詞を思い出す。「広瀬川流れる岸辺／思い出は帰らず……時はめぐりまた夏が来て／あの日と同じ流れの岸／瀬音ゆかしき杜の都／あの人はもういない」。私の東北新生園訪問は、いつもこの歌のメロディーが通奏低音となっている。毎年訪ねる度に、「あの人はもういない」という現実に向き合った。

久保会長が語られた「鎮魂の千本桜」、いわばそれはこの地に生きた証しとしての墓標とも言えよう。会長は「来年の四月二十日頃に来て下さい。桜が満開です」と言われた。

（「多磨」２０２０年1月号）

# 光の絵画展

私は子どもの時から絵を描くことが好きだった。小学校六年生の時に経験したひとつの思い出が忘れられない。校庭で写生をすることになったが、私は運動場の隅にある満開の桜の木をスケッチしてクレヨンで色づけした。描き上げた絵を先生に見せると、「空の色はなぜピンクなの？　空は青でしょ」と言われた。私は満開の桜のピンクがあまりに鮮やかで背景の空もピンクに見えたので、感じるままに色付けしたのである。本欄（「多磨」誌）の見出しの横のカット（挿し絵）が満開の桜の木なので、当時の思い出を重ねてみた。

絵画についての興味は持ち続けたが、特に絵を描く道に進むことなく、高校時代は新聞部に入って漫画やイラストを描いたりしていた。成人して一九七〇年から八〇年代に、絵に対する興味が再興してよくスケッチを描いた。バイクに乗って神戸港や近隣の集落に出かけた。旅行中にもスケッチブックと鉛筆を持参し、思いつくままに鉛筆を走らせた。全くの自己満足の世界かもしれないが、そこには表現することの喜びがあった。

昨年（二〇一九）十一月十七日のＮＨＫＥテレの日曜美術館で、「光の絵画―ハンセン病療養所・恵楓園　絵画クラブ〝金陽会〟」という番組を観て感動した。実は昨年四月、国立ハンセン病資料館の二〇一九年度春季企画展で「キャンバスに集う―菊池恵楓園・金陽会絵画展」が開催された。私は見学できなかったが、その展示会図録を入手していたので、ＮＨＫの番組をこの図録を参考にしながら観た。

菊池恵楓園（熊本県合志市）の入所者による絵画クラブ「金陽会」は、一九五三年頃に発足し、水彩画の好きな二十名ほどで活動を始め、後に油彩画にも活動を広げた。皆の描く絵が暗いので、せめて名称だけでも太陽の「陽」の字をとって「金陽会」と改称した。活動は一時停滞したが、途絶えることなく、現在約八五〇点の作品が確認されている。二〇一六年に一般社団法人・金陽会として法人化し、ハンセン病療養所の絵画クラブとしては質量ともに豊富な作品が集められている。創立当時の会員の中で、吉山安彦さん（九十歳）のみがなお現役として活動している。

メンバーで専門的な美術教育を受けた人はほとんどいなくて、自由な発想で絵を描く素人集団だった。金陽会の絵は後に、園外で絵画展を行うようになり、一九八〇年の熊日画廊における合同絵画展を皮切りに、ほぼ隔年で回数を重ねていった。やがてマスコミでも注目を浴び、熊本市現代美術館における「光の絵画」と銘打たれた金陽会作品展が開催され、全国各地で展示されるようになった。一九九〇年代には「らい予防法廃止」などの社会的関心の広がりとあいまって、作品を通してのハンセン病問題の啓発につながり、二〇〇〇年代には、芸術作品としての価値が評価されるようになっていった（ハンセン病資料館発行「金陽会絵画展図録」参考）。

金陽会の人たちが描く絵のモチーフは、園内の風景や日常生活の表情、人物像、静物など様々だが、いずれも素晴らしい作品だと思った。その中で吉山安彦さんの「陽だまり」（一九九一年・油彩）という絵が印象的だった。金陽会のアトリエがあった園内の分校の目の前の風景で、隔離のための壁の手前の陽だまりに小鳥の親子が歩いている。吉山さんによれば、壁を自由に超えて遊びに来る小綬鶏《こじゅけい》（キジ科の鳥）で、「暖かそうでよかった。でも、こっちは地獄だよ」と呟きながら描いたそうである。「陽だまり」とは穏やかな表現だが、実はこの絵に「隔離と自由」というハンセン病療養所の重いテーマがあると思った。

吉山安彦画　「陽だまり」Ｆ20　1991年　キャンバス　油彩　金陽会
(国立ハンセン病資料館「菊池恵楓園・金陽会絵画展」図録より)

菊池恵楓園では一九二九年に、社会から隔離のためのコンクリートの壁が作られ、「厚い壁」と呼ばれた。壁の向こうから自由に飛来して陽だまりで遊ぶ小鳥たちと、「こっちは地獄」という隔離された療養所の現実を対比させている。社会の不条理に対する怒りを象徴的に表現した絵と言えよう。この絵は油彩で、隔ての壁は重苦しい鉛色だが、壁の上下の空間は黄褐色に塗られ、手前の木にも強い光が当たっている。その陽だまりの中を歩く小鳥たちに、きっと作者は自分を重ねたのではないかと思った。ＮＨＫの番組で案内役をしていた作家の小野正嗣さんが、「見た絵がすべて光に満ちている。人間が絶望している時に、芸術によって喜びに変えることができる素晴らしさ。それを見る私たちも、絵が発している命の光によって祝福されている。縮こまった心が広げられる。否定されたものを受けとめて、それを芸術の中で他者を肯定する作品を描ける素晴らしさ」と語っていた。番組を見た私の友人は、「苦難の底を突きぬけたところで見出される人生と世界を絵に表現しようとした一団の人々がいたことを知らされて驚くとともに、深い敬意を抱かされました」と感想を述べていた。

金陽会メンバーが残した作品は、菊池恵楓園の機関誌「菊池野」の表紙絵に用いられた。前出の図録に年代順に紹介された表紙絵の一覧は圧巻である。初期のシンプルな絵がだんだんとカラフルで豊かな表情に変化している。冊子の顔としての表紙絵の中に、金陽会の作者たちの生きたドラマが映し出されているように感じられた。

隔離の中で苦渋の生活を強いられた全国のハンセン病療養所では、その不条理を克服するために、宗教、文学、音楽、絵画、陶芸、囲碁・将棋、盆栽などを通して、生き甲斐を求めた。国立ハンセン病資料館では、それらの作品が展示されている。

療養所に生きた人たちが描いた絵は、単に趣味として描いていた私の絵とは質的に違う。

吉山さんが「生きて行くために、それは必要だったのです」と言っているように、隔離の中での命がけの創作活動だった。暗闇の中から光を求めて生き抜いた人たちの生きた証しとして、私のこころに迫ってきた。

（「多磨」２０２０年3月号）

# 私の顔を見たか

去る（二〇二〇年）二月二十八日（金）、兵庫県宝塚市の市立宝塚中学校一年生二〇〇人に、ハンセン病についてお話しする機会があった。二年前に続いて二回目だったが、この時は三月一日から新型コロナウイルスの感染問題で、安倍首相が全国小中高と特別支援学校の一斉休校を要請した直後で、兵庫県ではまだ感染者が出ていなかったが、このような状況の中でハンセン病について語ることにある種の緊張感があった。「ハンセン病問題といのちの尊厳」という題をつけたが、十三歳の中学生に話すにはちょっと堅苦しいし、しかも生徒たちが一堂に会して「四十分の話を通しで聴く」のは初めてと伺った。体育座りの二〇〇人の生徒たちを前に、果たしてお話が通じたかどうか不安だったが、ひとりでもこころに留めてくれたらと願いながら話した。ここでは、その内容を踏まえながら、私のハンセン病との関わりについて述べてみたいと思う。

私は一九八四（昭和五十九）年の夏、初めてハンセン病を病んだ人たちに出会った。社団法人好善社が主催する「全国学生社会人キリスト者ワークキャンプ」に参加した。四十七歳の当時、キリスト教主義学校の中学校の教師をしていたが、ハンセン病についてはほとんど無知だった。宮城県にある国立療養所「東北新生園」で一週間の日程で行われ、全国から二十一人が参加した。

キャンプの内容は非常に厳しいものだった。一日五時間半の肉体労働（園内に造る新しい納骨堂の整地作業）、毎朝の聖書研究、ハンセン病についての学習、入所者訪問、自治会との交流、祈祷会、反省会など、ひと時も休む暇もないほど充実したプログラムだった。なかでも、労働と訪問はこのキャンプの大切な二つの柱だった。日頃は学校教師として、どちらかと言えば「やらせる」側にいたが、ここでは一人のキャンパーとして必死に動き回り、鍬やスコップを使い、一輪車を動かし、汗を流した。

キャンプの中ほどで、自治会の役員さんの特別な計らいで、数人のグループに分かれて入所者を訪問した。案内されたのは特別重度（後遺症が特に重い）の人で、病棟の一番奥まった部屋に居られるSさんだ。Sさんはベッドの上に座っておられたが、驚いたことにその顔には目も鼻も耳もなくて、口しかなかった。治る薬がなかった時代の後遺症が大きく残り、ご自分の顔が変形してしまったのである。Sさんはニコニコして私たちに話しかけてくださったが、東北弁なのでよく分からなかった。私はショックで、口だけのお顔の前で立ちすくみそうになったが、グループの中の年長者、しかも教師でもあるので平静を装い、「お元気でいてください」というような月並みの言葉をかけてその場を辞した。

その夜、私は夢を見た。夢の中で、丸いものが私に近づいてきた。よく見ると、それは昼間に会ったSさんのお顔だった。その時、Sさんの口から「あなたは私の顔を見たか」という言葉が聞こえた。大きく叫んで飛び起きた。同室のキャンパーたちに「川崎さん、どうしたんですか」と言われて目が覚めた。

ハンセン病について無知だった私にとって、「これがハンセン病だ」という事実を、圧倒的な形で示された。昼間Sさんに会った時、口にこそ出さなかったが、本心では気持ちが悪いと思っていた。それなのに、表面上は格好よく言葉を交わし、自分をごまかしていた。だから夢の中で「私の顔をきちんと見たか」と言われ、私のこころの中を暴かれたのである。その言葉は、もっとリアルで「お前は一生、私の顔から離れることは出来ないぞ」と言われたように思った。

この三十六年前の経験が、私のハンセン病問題とのかかわりの原点となっている。その後、私には「Sさんは、なぜこのようなお顔になってしまったのか？」という疑問と向き合うことになった。

キリスト教の聖書の中に、イエス・キリストが語られた有名な「サマリア人の譬《たと》え」が記されている（ルカによる福音書十章二十五〜三十七節）。あるユダヤ人が旅をしていて、追いはぎに襲われ身ぐるみをはがされ傷ついて道端に倒れて呻いていた。そこに三人の人物が通りかかる。まず神に仕える祭司が、次に祭司のもとで仕えるレビ人が通りかかるが、二人とも傷ついた人を無視して道の向こう側を通って行った。かかわって面倒なことに巻き込まれたくなかったのだろう。三人目は、当時ユダヤ人と敵対関係にあったサマリア人だった。彼は倒れている旅人を見て気の毒に思い、近寄って介抱し、自分のロバに乗せて宿屋につれて行き、その宿泊費まで払った。この譬え話を通してイエスは、「誰が追いはぎに襲われた人の隣人になったか」と問われた。そして「あなたも行って同じようにしなさい」と言われた。好善社のワークキャンプは、いつもこのイエスの譬え話を読んで行われ、人間のかかわりの意味を考える機会とした。傷ついた人を見て、「向こう側を通る」

のか、または「近寄って介抱する」のか。祭司とレビ人は「ここで旅人を助けたら、自分がどうなるか」を考え、サマリア人は「ここで自分が助けなかったら、旅人がどうなるか」を考えたにちがいない。かかわり方の発想が逆になっている。この違いは大きい。口だけの顔になってしまったSさんから、夢の中で突き付けられた「あなたは私の顔を見たか」という言葉が、このサマリア人の譬え話と重なった。あなたは傷ついた人とどう向き合うのか、「向こう側を通る人」になるのかと問いかけられたのである

キャンプを終えた私は、好善社の社員となった。あのSさんの問いの答えを捜そうと思った。そして三年後の一九八七年に、職場の特別研修制度を利用して休暇を取り、青森から沖縄宮古島まで全国十三の国立療養所を一気に訪問した。各療養所を二泊から三泊の訪問だったが、そこで見たものはハンセン病療養所の異様な風景だった。私は、その実態を「ハンセン病療養所の七不思議」と呼んだ。

（「多磨」２０２０年5月号）

# 響いてくる音

全国のハンセン病療養所を訪問して、園内のあちこちで音楽が鳴っていることに気づいた。それは入所者の視覚障がい者のために設置された「盲導鈴」で、街中の交差点で鳴っている音の信号とよく似ている。

それは、療養所の中で目の不自由な人が自由に外を歩くために必要な設備であり、そこで鳴っている曲の種類によって、場所や方向が分かるようになっている。療養所によって曲種は様々だが、「ウェストミンスター寺院」の鐘の音（東北新生園）、「ローレライ」（大島青松園）、「恋はみずいろ」（邑久光明園）、「エリーゼのために」（星塚敬愛園）などのメロディーが鳴っていた。園によっては一曲だけではなく、場所によって違った曲が流されている所もある。最近では、センサーによって「ここは盲人会館の前です」というように、音声が流れるようになってきている。

私が毎月伺っている多磨全生園では現在、午前中に音楽と同時に「チュ、チュ、チュ」という小鳥のさえずりが流れている。園の人に聞いてみると、この鳥は小笠原諸島にしか生息していないメグロで、特別天然記念物に指定されているそうだ。

ただ、入所者が激減している最近では、盲導鈴の使用状況も変化していると思われるが、目の不自由な人たちのために設置された盲導鈴は、療養所独特の風景である。

印象的な盲導鈴は、群馬県草津にある「栗生楽泉園」の正門の側で聞こえる「通りゃんせ通りゃんせ」の曲だった。

通りゃんせ　通りゃんせ
ここはどこの細道じゃ
天神様の細道じゃ
ちょっと通してくだしゃんせ
ご用のない者通しゃせぬ
この子の七つのお祝に

お札を納めに参ります
行きはよいよい帰りはこわい
怖いながらも　通りゃんせ　通りゃんせ

誰もがよく知っている有名な童謡で、歌詞の最初の二行ほどのメロディーがエンドレスに鳴っている。私は、曲に合わせて最後の二行の「行きはよいよい帰りはこわい／怖いながらも　通りゃんせ　通りゃんせ」を口ずさんだとき、思わずドキッとした。この曲が療養所の入り口に意図的にセットされたかどうか分からなかったが、ここはかつて恐れられた「特別重監房」跡への入り口でもある。そういう場所でこのメロディーを聞くと、特別な意味を考えさせられる。

九十年にわたって、日本ではハンセン病患者は激しい差別と偏見の中におかれ、療養所という名の隔離施設に強制的に閉じ込められてきた。国はそのために「らい予防法」という法律の壁をつくり、患者が危険で病気をうつす「怖い存在」として隔離し、一般社会から撲滅させようとしてきた。この法律には、療養所の入所規定はあっても退所規定がなかった。入り口があっても出口がない。

出口のない療養所という囲いの中で、その生涯を過ごすことを余儀なくされ、故郷にも帰れず、療養所の納骨堂が最期の眠りの場所だった。「行きはよいよい帰りはこわい」という歌詞が、そういう暗いメージを感じさせた。もちろん、この療養所がこの曲を設置したのは、単純に「通りゃんせ」という言葉からだろうが、皮肉にも私にはハンセン病療養所の実態を表している曲として響いてきたのである。何とも言えない哀愁を帯びて聞こえてきて、しばらくは耳から離れなかった。

一九九六年三月二十七日、「らい予防法を廃止する法律」が国会で可決され、一九〇七(明治四十)年に制定されてから九十年、ほぼ一世紀にわたってハンセン病患者を差別し、強制隔離に追いやった悪法が廃止された。さらに、二〇〇一年五月十一日に、強制隔離などをめぐる国の責任を問う「ハンセン病違憲国家賠償請求訴訟」で、元患者の原告が全面勝訴し、国が公に謝罪して悲願の人権回復が実現した。その後、二〇〇八年には「ハンセン病問題基本法」が成立、二〇一九年にハンセン病家族五六一名が訴えた「ハンセン病家族訴訟」で原告が勝訴し、判決は国にハンセン病家族へ賠償を命じ、「ハンセン病家族補償法」が成立した。長いハンセン病の重荷を背負わされた当事者とその家族たちの闘いが終わり、人間回復の光を見ることができた。

法律的には療養所の囲いが撤去されて、「通りゃんせ、通りゃんせ」と出口が開かれた。だが、気がつけば時すでに遅く、ハンセン病療養所は終焉のただ中にある。全国の入所者数は二〇一九年十二月末で一一二九人、平均年齢は八十六歳。たとえ出口の門が開かれても、この年齢で後遺症を持つ不自由な体では社会復帰はもう不可能である。

雪を被った盲導鈴、多磨全生園

多磨全生園の古い盲導鈴
(今は使われていない)

私は、全国の療養所を訪ね、また文通などを通して入所者のみなさんと交流してきた。最近になって、その方々の訃報が続いている。それでも、療養所の盲導鈴は今も鳴り響いている。栗生楽泉園の入所者、故・沢田五郎さんの歌集『その木は這わず』に収録された一首を思い出した。

その昔特別病室の跡所盲導鈴は歌う「ここはどこの細道じゃ」

この盲導鈴の「通りゃんせ」の曲は、後に「おててつないで」（靴が鳴る）の明るい曲に変わっていた。ここ数年、私はこの療養所を訪ねていないが、今もこのメロディーが鳴っているのだろうか。耳を澄ますと、その音が響いてくる。残された入所者の皆さんの平安をつげる曲であってほしいと願ってやまない。

（「多磨」２０２０年７月号）

# 曲った手で

十三歳でハンセン病と診断され、国立療養所長島愛生園で四十二歳の生涯を終えた志樹《しき》逸馬《いつま》（一九一七〜一九五九）という人が多くの詩を書き残している。昨年十一月、この詩人の没後六十年を記念して国立ハンセン病資料館で「志樹逸馬展」が開催された。

一九八四年に、詩集『島の四季—志樹逸馬詩集』（編集工房ノア）が発行されているが、この詩集を編纂したのは私が所属する公益社団法人好善社だった（編者は故小澤貞雄と長尾文雄社員）。また、昨年（二〇一九）十二月に若松英輔編『新編 志樹逸馬詩集』（亜紀書房）が刊行されている。

実は、私が初めて国立療養所東北新生園で好善社主催のワークキャンプに参加した時、その同じ年に発行されたこの詩集を、療養所という現場で読んだ。その際、非常に印象的だったのが、今では代表作となっている「曲った手で」という詩だった。

曲った手で　水をすくう
こぼれても　こぼれても
みたされる水の
はげしさに
いつも　なみなみと
生命の水は手の中にある
指は曲っていても
天をさすには少しの不自由も感じない

（『島の四季・志樹逸馬詩集』より）

本書には五十一編の詩が収録されているが、ほとんどが短い詩で、中にはタイトルもない数行の詩もある。全体としては、ハンセン病という過酷な状況に置かれながら、生きとし生けるもののいのちを讃美する詩が綴られている。それらの中で目立つのが、手（指）についての表現である。「痺れた手」「節くれ曲った指」「しびれ　ひび割れた手」「しびれかじかんだ手で」「指を失った掌」「この指はしびれ曲っている」「指が曲っても」「手足の力を失って」というような表現が繰り返されて、最後に「曲った手で」という前掲の詩が詠われている。

　ハンセン病はらい菌によっておこる一種の感染症で、その症状は主に体の皮膚と末梢神経に現れる。目に見える部分の顔や手足が麻痺して変形するので、治る薬がない時代に病んだ人たちはその後遺症が残った。その部分が「醜いところ」として嫌われた。だから「曲った手」とは、ハンセン病患者の象徴的な表現であった。手が痺れ曲るという後遺症と向き合いつつ、自分のいのちをどう見つめたかが繰り返して語られている。

　本書の表紙絵（長島愛生園の入り江風景のスケッチ）を描いている療友の島村静雨さんによる志樹逸馬さんのプロフィールを読んだ。

　彼は一九一七（大正六）年に東北の地で生まれ、一九三〇年九月にハンセン病と診断された。最初は東京の全生病院

（現・多磨全生園）に入院した。十三歳の少年だった。その後、一九三三年に岡山県の長島愛生園に転園し、その頃から文学に興味を持ち詩作を始めたようである。

また、彼は一九四二（昭和十七）年十二月にキリスト教の洗礼を受け、妻の治代さんと共に熱心なクリスチャンになった。したがって彼の詩は常にキリスト教信仰に基づいた視点で書かれ、自身が置かれてる状況を悲観的・否定的に語るのではなく、キリスト教的な価値観によるいのちの讃歌として詠われている。

曲った手では水をすくえない。曲った指の間からこぼれてしまう。普通の人の手でできることができない。役に立たない。このことは、ハンセン病を病んだ人たちが社会の中では役に立たない、生産性がない、むしろ邪魔になるなどと言って排除されてきた実態を象徴的に表現している。

しかし彼は、「こぼれても　こぼれても……生命の水は手の中にある」と言う。しかも「はげしさに　いつも　なみなみと」あると言い切る。つまり、目に見える水はこぼれても、目に見えないいのちの水はこぼれない。では、この「見えないいのちの水」とはどんな水だろうか。ずっと後に、夫の志樹逸馬さんを天に送られてから奄美和光園に転園されていた治代さんに、「この水は何でしょうか」と聞いたら「愛という水だと思います」と言われた。

新約聖書の中に、人間を「土の器」にたとえて語るくだりがある。人間の目に見える肉体（外なる人）は、落とせば壊れるような弱いものであるが、大事なことは目に見える外面ではなく、神との交流を持つことによって知る「人間の内側」（内なる人）にあるというのである。ハンセン病による目に見える外面の後遺症が厳しくても（指が曲っていても）、目に見えないものを見るという価値観から「指は曲っていても　天をさすには少しの不自由も感じない」と断言する。「わたしたちは見えるものではなく、見えないものに目を注ぎます。見えるものは過ぎ去りますが、見えないものは永遠に存続するからです」（新約聖書コリントの信徒への手紙二　四章十八節）という聖書の価値観（信仰）が、志樹逸馬さんの人生を支えた。

一九五九年十二月に、四十二歳という若さで天に召されたが、彼が遺した多くの詩を読めば、その短い人生が信仰によって充実していたことがわかる。例えば、「ひとにぎりの土さえあれば／生命はどこからでも芽を吹いた」（「種子」）、「死んで／どこの土になろうとも／またそこから芽生えるであろう／生命というもの」（「畑を耕《こぼ》つ」）など、いのちに熱いエールを送っている。そして彼の曲った手は　その「生」を激しく指さす。

生はいつも
はじけている　砕けている　転がっている
生はいつも
まっしぐらに進んでいる

（詩「生」）

その後私は、全国の療養所を訪問する過程で、何人もの文学を愛する方々に出会った。小説や詩歌を表現することによって生きがいを見出した方々に学び、教えられることが多かった。志樹逸馬さんの詩は、その後の私を療養所訪問へと押し出すきっかけとなったのである。

（「多磨」２０２０年9月号）

# 名前を刻む

人間にとって最も重要なことは、「私は誰であるか」が証明できることであろう。社会生活をする上で、例えば病院に行けば必ず健康保険証が必要であり、車の運転には免許証が必携である。五年前に、マイナンバー（個人番号）の登録をすることになった。国民総番号制に組みこまれ、十二桁の番号がつく「マイナンバー人間」となった。「私」という人間が、数字やパスワードで表現されることに抵抗があるが、それは今様に言えば「ＩＤカード」（身分証明）であり、自分のアイデンティティー（自己の存在根拠）を表すものである。

ハンセン病を病んだ人たちは、国の強制隔離政策によって療養所に収容された際、ほとんどの患者が偽名を名乗った。本名が世間に漏れた時、故郷の親族が差別されるからである。本名を隠して生きることが、療養所で生き抜く条件だった。だから入所者たちには、本名と偽名の二つの名前のはざまをめぐって「自分が何者であるか」という葛藤があった。

多くの入所者たちは偽名のままで他界した。故郷の墓に埋葬してもらえないので、各療養所には独自の「納骨堂」がある。そんな実態を、邑久光明園の入所者だった故・中山秋夫さんは、「全景に火葬場のある療養所」「かくれんぼ終わった偽名もやす荼毘」「大空へ偽名が消えて行く煙」とうたっている。単なる文字ではすまされない「名前」に強いこだわりがあるのだ。

名前をめぐって聴いた逸話を思い出す。邑久光明園の金地慶四郎さん（一九五二〜二〇一九）は、「わしの本当の名前は、カナジやねん。カネジとカナジは、ほとんど変わりはないけれど、わしの気持ちの中では大きな違いがあるわ」（著書『どっこい生きてるで』）と言われた。一字違いの中に誰にも譲れない自身の矜持があった。栗生楽泉園の藤田三四郎さん（一九二六〜二〇二〇）は、夏目漱石の書名から「三四郎」と名付けた。ハンセン病国賠訴訟第一次原告十三人の一人だった星塚敬愛園在住の上野正子さんは、同裁判の勝訴が決まった日を「人間回復の日」「新たな誕生日」とし、それまで出身の沖縄県八重山諸島にちなんで付けていた偽名「八重子」から、本名「正子」を名乗ることに決めた（著書

『人間回復の瞬間《とき》』より）。人間の尊厳を取り戻した証しだった。

しかし、名前をめぐる差別・偏見は、患者を療養所に送り出した家族にも及んだ。その家族からハンセン病患者が出たことが分かれば、村八分にされた。だから患者を出したことを必死に隠すことを余儀なくされた。辛くて悲しい家族の歴史がある。昨年、「ハンセン病家族訴訟」裁判で原告が勝訴したが、原告の五六一人のうち、本名を名乗った人は数名だった。たとい法律的に解決しても、家族の絆を引き裂いた差別の現実はまだ払拭されない厳しい実態がそこにある。

大島青松園に在住し、高見順賞を受賞した詩人の塔和子さん（一九二九〜二〇一三）の名前は、夫につけてもらった「塔のように。高みへ」という意味が込められていた。しかし最期まで本名を名乗れなかった。そんな思いを込めた「名前」という詩がある。

私の名よ
私というかなしい固有名詞よ
私は
私の名によって立証され

どこまで行っても
私は私の名前によって
私であることが通用する

四畳半の部屋の中で
しばしば呼ばれ
しばしば返事をする
親しく小さな名前よ

故郷の村境の小道から
亡命した私の名前
ああしかし今も
私の名は
閉ざされた小さな世界の中で呼吸している
私の影のように

やっかいで愛しい名前よ
（中略）
忘れられたり現れたり
私が所有する唯ひとつの私自身
それがなければ私ではない
馬鹿くさく滑稽で
厳しい存在の立証

（詩集『分身』より）

二〇一三年八月に他界した塔和子さんは、島の納骨堂に納められたが、その遺骨が二〇一四年三月に故郷の愛媛県西予市明浜町田之浜にある両親の墓地に分骨された。「塔和子の会」代表の私は、牧師として分骨式を司った。この分骨式には大きな意味があった。親族が、生前の塔さんの願いに応えて「井土《いづち》ヤツ子」という本名を墓誌に刻んだのである。このことは、親族が元ハンセン病患者の兄弟であることを公表したことになる。弟の井土一徳さんが、本名を刻んだ墓誌を手でさすりながら「姉さん、やっと帰ることができたね。地元のひとの温かい心で迎えることができたね。父さん、母さんとゆっくり話して」と涙ながらに語られた。その後、弟さんは本名で「ハンセン病家族訴訟」の原告として立ったが、残念ながら判決を前にして亡くなられた。

分骨式は、塔和子が本名の井土ヤツ子として、人間の尊厳を取り戻した瞬間であった。参列者は、塔さんの好きな赤いバラを墓前に献花し、塔さんの愛唱歌「ふるさと」を合唱した。特に塔さんが好きだった三番の歌詞「こころざしを果たして／いつの日にか帰らん／山は青きふるさと／水は清きふるさと」を歌った時、晴天の空を仰いで感無量になった。

故郷《ふるさと》の墓誌にいのちの名を刻む

（「多磨」２０２０年10月号）

弟の井土一徳さん。塔さんの本名・井土ヤツ子を墓誌に刻む。2014年３月17日。

# III

# ソウシュツレビミンシンメイキ——聖書一巻を読むということ

今年（二〇一二）九月のはじめ、かつてキリスト教主義学校の中学で教えた生徒で五十歳になるM君から「先生、僕は八月にやっと新約聖書を読み終えました」というメールが届いた。彼は昨年の九月から聖書を読み始め、今年五月に旧約聖書を読み終えたと言っていたから、約一年間で聖書一巻を読破したことになる。

私はこの学校で三十二年間、聖書科の教師としてキリスト教教育に携わり、生徒たちに聖書の授業をしてきた。彼を教えたのはもう三十数年前になる。私はすでに八年前に定年退職をしているが、教え子たちとの関係はいろいろな形で続いている。M君は中学時代あまり目立たなかったが、高校で柔道をやり、大学では体育系の学生会の役員として活躍した。卒業後は有名な某銀行に勤め、その才能を発揮して昇進を続け、つい最近大阪の船場支店長になった。

彼は体育系独特のめりはりの利いた人柄で、多くの人たちに親しまれた。会社の宴会などでは人気者だったに違いないし、結婚式の披露宴の司会は得意だった。そんな彼の結婚式の司式を牧師である私が引き受けた。誓約のところで新郎の名前を呼ぶと、彼は「ハイ！」と大声で返事をした。かつての教室での点呼を反射的に思い出したのだろう。やがて彼は男児を授かり、自分と同じ学校に進ませた。私はその息子さんも教えたから、親子二代にわたって教えたことになる。

聖書一巻を読むのはそう簡単ではない。聖書は旧約書三十九巻と新約書二十七巻、旧新合わせて六十六巻の文書から成っている。この両方を合わせて「聖書」（THE　BIBLE）という。聖書は旧約書の「創世記」から始まり、新約書の「ヨハネの黙示録」で終わる。単純に計算すると、聖書（新共同訳聖書）は一九八二頁で、六十六の文書があり一一八九章から成っている。このような聖書を一年間に読み終えるためには、だいたい一日に旧約を二章、新約を一章読まなければならない。

私は中学一年の生徒たちに、まず六十六の文書名を順序正しく暗記してもらった。単純に名前を暗記するというのは、ある意味で馬鹿げたことかもしれないが、聖書を学ぶ導入として無意味ではないと思った。しかも、文書名を暗記して正確に筆記することを求めたから生徒たちからブーイングが出た。そこで昔から皆がやっている歌で覚える方法を用いた。最も一般的なのはあの「汽笛一声新橋を……」で始まる「鉄道唱歌」のメロディーである。例えば旧約書最初の「創世記」「出エジプト記」「レビ記」「民数記」「申命記」を、「創出レビ民申命記……」(ソウシュツレビミンシンメイキ)と歌って覚える。要するに七五調に合わせればいいので「もしもしかめよ」でも、都はるみの「北の宿から」でも歌える。

生徒にとって「聖書科」という授業は、たぶん面白くないと思っていたので、私はしばしば遊び心やジョークを飛ばして盛り上げようと努めた。中学で三年間教えるのだが、卒業すると忘れていくことが多い。でも、この「鉄道唱歌」で暗唱した聖書の名称は覚えているらしい。M君は、中学生時代に覚えた(させられた)聖書に関する知識が社会に出て役立っていると言った。そして何と四十七歳で夫人と一緒にキリスト教の洗礼を受け、毎週日曜日に熱心に教会に通っている。銀行の支店長になり、超多忙な日々を過ごしながら、彼は仕事の合間や通勤電車の中でこつこつと聖書を読み続けた。

ある有名な神学者が「聖書を不真面目に読もうとする者は、新約聖書の最初で躓く」と言った。つまり、マタイによる福音書第一章は「アブラハムの子ダビデの子、イエス・キリストの系図。アブラハムはイサクをもうけ、イサクはヤコブを、ヤコブは……」と名前の羅列になっていて、全く無味乾燥な文章が続くからそこで止めてしまうという訳である。また、旧約書の「レビ記」や「申命記」などは、数字や規則、名前ばかりで面白味がなく、そんな箇所をマラソンコースにたとえて「心臓破りの丘」と言った。

M君はそれらの難関を突破して聖書一巻を読み終えて、私に報告してきたのである。もちろん「読む」という内容が問題かもしれないが、彼は「分かっても分からなくても、ただひたすら読み続けました。読み終わった後、えも言えぬ達成感と満足感を味わいました」と言った。三十数年前に生徒のこころに播いた種が、このようにして実ったことを、私は心から喜んでいる。教育は希望であり、教師の仕事は実りを信じての種まきだと改めて思った。「継続は力なり」と言われるが、通読とは言え聖書一巻を読破したことは素晴らしい。これからの人生にきっと力になると思う。

彼は京都支店で二年半勤務したが、一度私を祇園にお連れしたいと言っていた。しかし実現しないまま大阪に転勤になった。祇園の話はたぶん冗談だったかもしれないが、私は「夏過ぎて祇園の夢は去りにけり」という川柳を彼に送った。「気になっていますが、いまだ実現せず申し訳ありません」と言ってきたので、「秋が来て夢の続きは北新地」と返事した（北新地は大阪の高級飲食店街）。もちろん遊び心のやり取りだが、教室や結婚式で「ハイ！」と返事していた教え子が、このように立派に社会人として成長した姿を目の当たりにして、教師であったことの幸せをかみしめた。

（「火山地帯」一六四号　２０１１・１・１）

# 七十五歳と向き合う

この（二〇一二年）二月十日で七十五歳になった。いわゆる後期高齢者になったので、運転免許更新に先だって高齢者講習を受け、「アイウエオ」を逆に書くというような認知機能検査を体験した。日を間違えて来た同年齢の受講者と一緒になって、複雑な気持ちになった。「もう七十五歳」か「まだ七十五歳」か、その受け取り方はさまざまであろう。

しかし、私にとって七十五歳に至る十年を特別な思いで振り返っている。十年前の二〇〇二年三月、三十二年間教師を勤めた学校を定年退職になった。

その直後、三十九年間を共にした妻を天国に送った。卵巣がんだった。キリスト教であるから、仏教のような法事はしないし、位牌や仏壇もない。居間に置いた妻の遺影と向き合って十年の独り暮らしが続いている。

「十年一昔」とは、今では古典的な表現かもしれないが、やはり一つの区切りを意識する。家の中にある様々な日用品を見て、「これは十年使っていない」「それは妻が生前買ったものだ」などと、何かにつけて「二〇〇二年」が物事を認識する起点となっている。あの年から数えて十年、自分の七十五歳の人生がここにある。運転免許更新のための「高齢者講習」の通知はがきを手にして、わが身と向き合った。

そんな時、ＮＨＫの昼の番組「スタジオパーク」のゲストに出演した脚本家の山田太一氏の話を聞いた。私は彼の作品が好きで、そのドラマを思い出しながら聞いていた。一九八〇年代に話題を呼んだ「ふぞろいの林檎たち」や「岸辺のアルバム」。また、岸恵子、佐藤慶、米倉斉加年らが出演した「夕暮れて」、笠智衆、宇野重吉、長山藍子出演の「ながらえば」も感動的なドラマだった。昭和九年生まれの山田氏のコメントは、年齢が近い私にとって興味深いものがあった。彼は脚本制作のコンセプトとして、「家族」「宿命」「今」の三つを挙げた。家族は絆であり、宿命は人間が本来持っている個性とか賜物という制限・限界の中で生かされており、同一でないこと。今は、その時代の状況を背景にしてドラマを作ることだろう。私は改めて七十五歳の人生を、家族・宿命・今という状況にあてはめて考えてみた。

ＮＨＫが山田太一氏をトーク番組に招いた理由があった。それはＮＨＫの土曜日特別番組で、山田太一脚本の「キルトの家」というドラマを放送していたからである（一月二十八日と二月四日の二夜）。私はその番組を録画して興味をもって観た。山田ワールドというか、前述の三つのテーマを基本にした大変味わいのあるドラマだった。

東京近郊の団地に住む孤独な老人たちと、そこへ一年限定で入居してきた若いカップルが主人公。戦後に建てられた古い団地に住む孤老たちが時代を象徴している。ここに流れてきた訳ありの若い夫婦は、東日本大震災の被災者だった。彼らは団地の側にある「キルトの家」に集まって交流する。家主である入院中の老夫婦が、美しく飾ったキルトの部屋。長い人生を歩んで来た老人たちは、それぞれ過去の痛みを抱えながら、迫りくる老いと葛藤しながら生きている。彼らはやがてこころを開き、本音をぶつけ合うようになる。「つなみ」のトラウマにおびえる若い夫婦も、老人たちの温かい交わりの中で、「キルトの家」の家族になっていく。最初はあたかも「余り布」のような老人たちが、ささやかながらお互いの絆を築いて、一枚のキルトに仕上がって行くような盛り上がりがある。

印象的なシーンがあった。松坂慶子が扮する桜井一枝は、亡くなった父の衣類を捨てられない。一風変わった老人（山崎努）と若い二人を初めて部屋に案内して、父の衣服を見せる。そして、父が入院中のベッドサイドの引き出しに入れていた包装紙の裏に書いたメモを取り出す。そこには「私は一老人ではない。血も涙もある桜井慶一郎である」と明確に記されていた。病床にある父が、誰かに名前がない人のように扱われたことへの怒り・抗議だと思った。しかし後に、その言葉は、父に冷たく接してきた自分への言葉と思うようになった。

私はこの一場面に、山田太一のテーマが表現されているように思った。どんなに老いを重ねても、末期がんに侵されていても、「生きている、尊厳ある人間である」ことのメッセージであろう。そこに登場する人たちのすべてが、どんな状況にあろうとも、一枚の価値ある布であること、それらが繋ぎあわされた「キルト」こそ、今求められている「絆」の社会だという希望につながるドラマだと思った。確かに「キルト」は、個々の布とそれらを繋ぎ合わせた一枚の世界というイメージがある。個の尊厳と全体の絆という大切な二つのテーマがある。

私は数年前から、自分の年譜を作っている。いつ死んでもいいように、という訳でもないが、自己管理の一環としての記録である。七十五歳になった一年の歩みがどうなるか…

…。ドラマの中にあるように、「私は一老人ではない。血も涙もある川崎正明である」と自覚しながら生き抜こうと思う。ちょっと自意識過剰かな？　と思う所もあるが、ここに来て何か自分に仕掛けないと、気がつけば公園のベンチに寂しく座っている自分になりかねないかもしれないから……。

（「火山地帯」一六九号　２０１２・４・１）

# 八八八組の結婚式

私は牧師なので、結婚式の司式を依頼されることが多い。もちろん、キリスト教会での伝道やキリスト教主義学校の宗教教育の仕事が本業であったが、結婚の司式は牧師に与えられた特別な職務であった。現在は定年退職してから十年が経つ年金生活者であるが、今でもかつての教え子から司式を依頼されることがある。

先日、久しぶりに教え子のO君から依頼され、母校のチャペルで結婚式の司式をした。実は、私にとって彼らの司式が八八八組目だったのである。縁起を担ぐとすれば、末広がりの重なりということで、大変お目出度いと喜んでいただいた。

私が初めて結婚式の司式をしたのは、一九六一（昭和三十六）年だから五十一年の歳月が経っている。私は記録をとる習慣があり、司式の内容を毎回記録してきた。その中にはホテルからの依頼もあるが、大半は奉職していたキリスト教主義学校の卒業生である。中学生時代に教えた生徒たちが、大学を卒業してから母校のチャペルで挙式するわけである。教えた生徒たちが、卒業後にこのような形で再びそのつながりを分かち合えることは素晴らしいことだと思っている。

結婚は「出会いの中の出会い」とも言うべき人生最大のイベントである。だから、男女二人の喜びのスタートを宣言する牧師の役割はまことに光栄の至りである。私の本棚には結婚式に関する十七冊のファイルがある。その中に司式をしたカップルの面接メモ、式次第、写真、手紙などを整理して保存している。私が引き受けた結婚式は、原則として必ず一回は二人に会って準備会をするが（ホテルの場合は別）、それらの記録が詰まったいわば「出会いの記録箱」である。

八八八組の記録箱の扉を開くと、その中には一冊の本に出来るほどのドラマが詰まっている。時代の経過の中で、残念ながら離婚したり他界した者もいる。しかし、大半のカップルはそれぞれの場所で幸せな家庭を築いている。この中の約四〇〇組の家族と年賀状の交換が続いている。例えば、一九九一年に結婚した青木さん夫妻は、ご夫人から毎年の盆暮れの品物と一緒に必ず肉筆の便りが届く。綺麗な字でぎっしり詰まった「青木家の近況」と言った便りで、二人の子どもに恵まれた夫婦の日常が詳しく綴られている。とても筆まめな人で、そのお便りはもう五十通を超えている。彼らの家族と年賀状の交換が続いている。彼らの家族はもちろん私の親戚ではないが、司式をさせていただき、その後の家族の成長を見守るということによって私自身も幸せを感じるのである。

ところが最近、結婚についての社会の考え方が変わってきたと思う。色々な意味での社会構造が変化する中で、例えば結婚しない女性が増えた、結婚年齢が高くなった、子どもをつくらない夫婦など、その結婚をめぐる状況が著しく変化してきている。五十年前と比べたらどうだろうか。最近、テレビなどで芸能人たちの結婚発表が報道される時、ほとんどのアナウンサーが、「彼女はまだ妊娠していないようです」と付け加える。今では、そのような表現が何の違和感もなく受け入れられているのである。年配の人が聞くと、何とも時代が変わったと思うに違いない。私に依頼する者たちの中にも、「先生、もう籍を入れて一緒に住んでいます」「子どもがいます」「一応けじめをつけるために挙式します」などと平然と言う者がいる。

前述したように、私は司式を引き受けるに際して、必ず前もって二人に会い、用意したプリントを見せて、キリスト教で行う結婚の意味などについて話していた。しかし最近は、このような説明はあまりしなくなった。すでに一緒に住んでいる二人に話しても無意味のように思えたからだ。一般社会の結婚観というか、結婚倫理観が変わってしまった。もともと挙式しなくても、役所に「婚姻届」を出せば、法的には結婚は成立する。逆に言えば、豪華な結婚式を挙げても入籍しなければ夫婦とは言えない。最近は入籍しないで一緒に生活しているカップルも多いが、そういう時代なのである。だから最近は、私が結婚する人たちに言っていることはただひとつ、「二人の愛が大切な絆ですが、あなた方は他人ですよ。そのことをしっかり踏まえて結婚して下さい」ということである。これが私の結婚哲学になっている。

ある人が、「二十代の夫婦は愛し合う夫婦、三十代は努力する夫婦、四十代は忍耐する夫婦、五十代は諦めの夫婦、そして六十代は感謝し合う夫婦になる」と言っている。なかなか含蓄のある言葉だと思う。つまり、結婚した夫婦は、人間としてお互いにどのような関係を持つかということであろう。他人であることを意識した上で、だからこそ、お互いがどのように向き合うかが問われているのである。

ひるがえって、結婚式とは何だろうか。八八八組も司式をした牧師が言う言葉でないかもしれない。神と人の前で誓った多くのカップルたちが、どんな人生を歩んでいるかを深く思う。私の場合、十年前に召天した妻との人生は三十九年だった。その出会いと別れの間にあった夫婦の「三十九年間の中身」を、今改めてかみしめている。

神がこの世に造られた男と女、そこには私たちの思いを越えた深い摂理がある。その男女の結婚をめぐる私たちの人生が、神の祝福の中にあることを願うばかりである。

（「火山地帯」一七〇号　２０１２・７・１）

# アーメンライダーが走る

私は今年（二〇一六）二月に『かかわらなければ路傍の人―塔和子の詩の世界』（編集工房ノア）を上梓した。国立ハンセン病療養所大島青松園に七十年間在住し、二〇一三年八月に亡くなった詩人・塔和子さんの生涯とその詩の世界をまとめた本である。

五月二十二日、「塔和子の会」の人たちが発起人となって、この本の出版記念会を大阪の「新阪急ホテル」で開催していただいた。出席者は七十五名のバラエティーに富んだ人たちで、日頃の私の人間関係を物語っていた。

出席者でとりわけ目立ったのは、かつて私が教えた中学校の教え子たち（男子生徒二十四名）だった。なかでも四十一年前の一九七五年に、私が初めて担任した学年と学級の生徒（今年五十五歳！）たちが、この会を楽しく盛り上げてくれた。

四十一年前の私は、キリスト教主義学校のキリスト教教育に携わる宗教主事とし赴任して五年目で、三十八歳だった。学校の都合で急遽三年D組四十四人の担任を命ぜられた。宗教主事は職制上担任をしないことになっていたから、初めての経験だった。失敗を繰り返しながらも一生懸命取り組んだ。私に対して、「先生の顔は長いが、終礼時間も長い！」と絡む彼らと向き合いながら、それまで生徒を「○○君」と呼んでいたが、いつのまにか名前は呼び捨てにして「おまえ」と呼ぶようになった。一年はあっという間に過ぎて、卒業式の二日前に、入学直後にオリエンテーションキャンプで行った学校のキャンプ場で、お別れの「一泊コンパ」（教育的に言えば卒業記念退修会）をすることになった。

キャビンの中で就寝の時、寝具の上に全員がかしこまって座り、級長のK君が「川崎先生に言いたいことがあります」と言った。他に誰もいない夜のキャンプ場、私はきっと「何かやられる……」と覚悟した。K君は続けて言った。

「先生、一年間お世話になり有り難うございました。みんなで相談して決めたのですが、お礼として先生にバイクを贈ります。先生が乗っているバイクがおんぼろだからです。一人千円ずつ出して、親に中古のバイクを買ってもらいました」

てっきり殴られると思っていたからびっくり仰天、立っている足の震えが止まらなかっ

3年D組から贈られたスーパーカブ。1976年3月。

た。「教師冥利につきる」という経験として、この時の感動は今も忘れることはない。

私はこのバイク(五〇CC)を十二年間乗り続けた。その間、何度も修理して廃車寸前になっても、私はどうしても乗り続けたかった。自転車屋さんに粘り強く相談すると、「後ろの車輪はまだ使えますよ」と言われたので、乗り換える次のバイクに、教え子のころがこもる古い後車輪をつけてもらった。私は、山本周五郎の『樅の木は残った』という書名をもじって、「車輪は残った!」と周りの人々に言いまくった。

学校の教師には、あだ名(ニックネーム)がつきものだが、顔の長い私のあだ名は「馬」だった。「川﨑先生の顔みたいや」と、長いものの代名詞によく使われた。ところが、いつのまにかもう一つのニックネームがつくようになった。その名は「アーメンライダー」。理由は、アーメンを唱えるクリスチャン教師（宗教主事）が、ヘルメットをかぶってさっそうとバイクで走っているからであった。「仮面ライダー」をもじって生徒がつけたようだった。何ともふざけた名称だという人もいたかもしれないが、私としては愛嬌があり、親しみを込めて言われるのだから大いに満足していた。この学校の定年退職後に、園長として三年間勤めた幼稚園では、このニックネームに抜群の人気があった。「園長、カンチョウ（浣腸？）、アーメンライダー！」と言って園舎に飛び込んでくる園児たちと毎朝握手していた。

二時間半の出版記念会は、楽しくて感動的な会となった。遠路高知県から来てくださった塔和子さんの弟さんとも喜びを分かち合った。塔和子詩集の読者たち、ハンセン病問題や人権教育に取り組む人々、キリスト教会や幼稚園関係、新聞記者や放送局のアナウンサー、ラウンジのママさんやお客さんたち、私の勤めた学校の教え子とPTAのお母さんたち、多彩な出席者たちの祝福の中で素敵なひと時を過ごした。「塔和子の会」にも属する歌手の沢知恵さんが、初めてアカペラで、塔和子の詩「胸の泉に」を熱唱してくださった。

五十五歳の「おっさん」になった教え子たちの和やかな笑いは止まらなかった。その時は、十五歳の中学生に戻った感があった。かつて彼らから貰ったバイクに乗ったアーメンライダーは、この四十一年間彼らの人生の馳せ場を走ってきた。彼らの結婚式の司式をした。その息子さんを同じ学校で教えた者もいる。図らずも、この出版記念会はそういう自分の人生を振り返る機会となった。

そして、塔和子さんが残した詩「胸の泉に」の中の「何億の人がいようとも／かかわらなければ路傍の人」という至言を思い出しながら、今日の出版記念会出席者の中には「路傍の人」はいないと思った。

「これからも馬並みの馬力で頑張ってください」との励ましを色紙に書いてくれた者もいた。ただ、三年前に右脚を骨折して杖の使用を余儀なくされた私は、もうバイクに乗れなくなった。しかし、アーメンライダーの人生はまだまだ終わらない。

（「火山地帯」一八七号　２０１６・10・１）

# 最後の同窓会

今年（二〇一七）四月に中学校の同窓会があった。兵庫県加東郡滝野町（現在は加東市）にある滝野中学の一九五二（昭和二十七）年卒業生で、現在の年齢が八十歳、八十一歳の同級生三十六人が集まった。十一名が女性だった。加東市の東條湖近くにあるホテルで一泊し、実に六十五年前の中学生時代の思い出を懐かしく分かち合った。この間、十二回の同窓会を行っているが、はじめの頃は四年間隔だったが、近年は二年になっていた。

学校を卒業した者であれば、誰もが同窓会に属することになる。同窓会は過去、現在、未来につながるある種の文化と言える。とりわけひとつの地域に住んだ小・中・高時代は、「故郷」という文化を共有している。そこには人生における少年時代という青春があった。共通の場所と時代に生き、その地域独特の言葉を語りあった。それが故郷というものだろう。

今回の同窓会では、いくつかの驚きがあった。外見上の風貌の変化は当然だが、その言葉の懐かしさだった。幼少時代から仲良しで、現在まで村を離れずに農業を続けているY君と久しぶりに話したが、昔の方言がそのまま生きていた。「そやかてお前、わしらずっと百姓やんかい。へてー、あのじゅるい（ぬかるみの意味）田んぼでよう頑張ったやん」といった具合で、高校卒業後に村を離れた私には、故郷のご馳走を食べているような感動があった。

四月からＮＨＫの新しい朝ドラ「ひよっこ」が始まったが、有村架純主演のこのドラマは、一九六四年開催の東京オリンピック前後の茨城の農村を舞台にして展開される。私が注目したのは、ドラマの初めに登場する昭和三十年前後の田舎の風景である。そこで営まれている茨城地方の農村風景が、播州地方の私の故郷とほとんど変わらない。田植え、稲刈り、脱穀機、牛小屋、鶏……私たちが中学生だった頃の原風景がそのドラマの中にあった。

同窓会とＮＨＫの朝ドラを重ねつつ、私は当時の日記をとりだした。自分でも感心するのだが、私は中学二年から大学二年生までの八年間日記を書いていた。「日記は僕の頭である」等と記している。読み返して何とも恥ずかしい思いもするが、そこには家族、学校、友人、信仰、恋愛、失恋などが赤裸々に綴られていた。振り返れば、日記を書いたことはいろいろな意味で自己形成のプラスになったと思う。

もう一つ大事に保存しているものがある。この度の同窓会に集まった同級生と先生たちに書いてもらった「サイン帳」で、当時卒業時にサインを交換する習慣があった。それを読むと、あの純粋に生きた若き日の映像をプレイバックするように思えた。

五峰山《ごぶさん》の如き高き理想と大きな心
加古川の流れの如き清き心
高い二本のポプラの如きまっすぐな心

この三つの言葉は「滝中生」のモットーだった。私の母校は加古川の上流にあり、赤い屋根の校舎の背後は、五つの峰をもつ「五峰山」があり、運動場の隅に二本のポプラがそびえていた。山と川と木は、生徒たちの人格形成のシンボルだった。

「親しき友、川﨑図書館長サンさんへ。色々とご指導下さった川﨑サンともお別れしなくてはなりません……」

中三の時に全校の図書館長に選ばれた。生徒会長、体育会長、文化会長と並ぶ重要な役割だった。私は小学校六年生の時に患った大腿骨骨髄炎という病気が完治せず、入退院を繰り返しながらの通学だった。中二の三学期は入院のためにほぼ全休で、勉強の遅れや運動が出来ないことの劣等感に苦しんだ。だから図書館長に選ばれたのが嬉しかったのである。顧問の先生は、「真実――人の善意を信じ、明るく生きて下さい。多幸を祈ります――正明君の為に」とサインしてくださった。

「信仰の友・川﨑さん――神様から与えられた尊い使命をもって走り進んで下さい。一日も早く日本一の立派な牧師さんになられることを祈っています」。劣等感に悩んでいた頃、「紙芝居を見にいらっしゃい」という女の子の言葉に誘われたことがきっかけで、熱心にキリスト教の教会学校に通いはじめ、高校生の時に洗礼を受け、牧師になる決心をした。中学生の時から友だちは「川﨑はクリスチャンになり、アーメン牧師になる」と決めてかかっていた。雨の日も風の日も、一生懸命教会学校へ通い続けた日々が懐かしい。

同級生との懐かしい出会いを再現する同窓会には、不思議なドラマが潜んでいる。かつて一九八三年にＮＨＫで放映された「夕暮れて」というドラマがあった。私の大好きな岸恵子が主演しているが、単調な家庭生活を送る中年夫婦の心の渇きと失われた青春の郷愁を描く山田太一の作品である。岸恵子扮する主婦が、同窓会に参加して懐かしい級友と再会する。その一人の米倉斉加年が演じる男性と交流が始まり、喫茶店でデートして、これから何かが起ころうとした時、不審に思った息子が現れてドラマが終わった。

傘寿を迎えた私たちの同窓会では、そういう老いらくの恋のドラマは起こらなかったと思う。最後に確認したのは、今回で最後の同窓会にしようということだった。夜の食事会でカラオケタイムがあり、数人がマイクを握って熱唱していた。私も勇気を出して、菅原洋一の「今日でお別れ」を歌おうとして係りの所に行くと、「ちょうど九時で終わりです」と言われて断念した。席に戻って冷めてしまった味噌汁をすすりながら、正面の掛け時計を睨んでいた。

（「火山地帯」一九〇号　２０１７・７・１）

# 桐の小箱の思い出

私の机の横に置いている小さな桐箱がある。三十二年前から使っている二十×十二センチの小箱で、中には切手が入っている。このメール時代になっても結構郵便を利用する私は、この桐の小箱を重宝している。箱の裏には「1985・3・5　藤井丞子さんから城崎みやげ」「1985・12・18　丞子さん死亡」と書いている。

藤井丞子さんから贈られた桐の小箱

兵庫県小野市に住んでいた丞子《しょうこ》さんは、兵庫県立社《やしろ》高校時代の同級生で、部活の新聞班で一緒に活動した仲間だった。卒業後は、同学年や新聞班の同窓会で何度か会ったが、彼女は高校時代の恩師と結婚した。その後も年賀状などによる交流は続いていた。卒業して二十九年後の一九八四年の夏、彼女から手紙が届いた。「…牧師様に告白です。胸に収めておいて下さい」とがんを患っていること、そのことを看護婦の手違いで知ってしまったが、主人には言えていないことの苦しみが綴られていた。大きなショックだった。私は一生懸命祈りながら彼女を励まそうと決心した。その後、入退院を繰り返し病と闘い続けたが、一九八五（昭和六十）年十二月十八日に、満四十八歳で天国に旅立った。

後日、夫の藤井平造先生から永子さんが遺した日記のコピーを頂いた。一九八五年一月七日から死の五日前の十二月十三日まで記されていた。私はこの一年間に何度も手紙を出し、またご自宅や病院に八回お見舞いをしている。日記の中にそのことが記されていた。一月二十六日の日記「川﨑正明さん来宅。『旧約聖書を読もう』を頂く。星野富弘詩画集と絵葉書を頂く」と書かれている。星野富弘さんの詩画集『風の旅』は、中学校の体育科教師であった星野さんが、クラブ活動中の事故で肩より下が全て麻痺し重い障がい者になったが、絶望から希望の人生を見出し、口に筆を加えて花を描き、詩を綴った美しい本だった。その時のお礼の手紙が残っている。

「『風の旅』有り難うございました。一つ一つの絵と詩が生き生きと迫ってきます。花びらの一枚一枚に血が通っているようです。とても勇気づけられます。…星野さんのように純粋になれるよう今からでも努力しましょう。どうぞお導きください」。その後も「川崎正明さん来宅。蘭の花束と聖書を頂く」（二月二十五日）などとその都度綴られ、十一月には「大ぜいの愛に包まれて幸せです」という葉書を頂いた。

十二月十一日の日記は夫に宛てた内容だった。

「ありがとうあなた。私は、大きなあなたの愛にどっぷりつかって、死ということを少しも恐れることなく、朗らかに過ごしてこれたこと不思議です。ほんとにちっともこわくない。でも、後に残る者たちのことを考えると申し訳なくて涙がとめどもなく流れます。許して下さい。皆が倖せになれる様、そればかりを祈っています。私ばかり楽しくして、責任の重い事は全部お父さんにまかせてごめんなさい。子供達の事、お願いします」。そして日記は、十二月十三日の「朝から爽快な気分、うれしい。朝、うどん半分、小芋二コ。昼、五分かゆ」で絶筆となっている。

十二月十五日、クリスマスカードを持って病院に伺った。黄疸の症状があっても、前日にお化粧したと言われたお顔が美しかった。別れ際に固い握手をしたが、その手は「生きている」といういのちの温もりがあった。三日後の十八日、勤務先の学校のクリスマス礼拝のリハーサルをしている時、事務室に「今朝九時前に、藤井永子さんが亡くなられた」

という知らせがあった。その夜、私は小野市のご自宅で行われたお通夜に出席した。死因は結腸がんと伺った。翌日の葬儀の弔辞を依頼されたが、学校のクリスマス礼拝のために出席できなかった。

三月二日の日記には、「午後一時頃より家族で城崎へ。思い出の三木屋（新婚旅行の宿）に泊る。夕方御所の湯へ入り夕食、満腹。食後街へ出る。色々おみやげ物を買う」と書かれており、私が頂いた桐の小箱はこの時のものである。ちなみに三木屋は、大正二年十月に志賀直哉が泊まり、後に『城の崎にて』という短編小説を書いたゆかりの旅館である。

手元にあるこの桐箱には、若くして旅立った友人の病との闘いの記録が詰まっていると思っている。星野富弘さんの二冊目の詩画集『鈴の鳴る道』の中に、コスモスを描いて記したこんな詩がある。

風は見えない
だけど木に吹けば
緑の風になり
花に吹けば

花の風になる
今、私を
過ぎていった風は
どんな風に
なったのだろう

三十二年前の遠い日、青春時代を共にした友人が、「大ぜいの愛に包まれて倖せです」という言葉を遺して、私の横を通り過ぎていった。その時のさわやかな風が今も吹いている。

この文を書くに際して、夫の藤井平造先生に電話した。八十八歳の米寿を迎えられた先生はご健在のようだった。先生は、「丞子が死を恐れず、あんなに美しく優しい気持ちを持って亡くなったのは、川崎さんのおかげです」と言って下さった。

あらためて丞子さんから頂いた桐の小箱をなでながら、傘寿の坂を登るわが身の人生を思いやった。

（「火山地帯」一九二号　2018・1・1）

# 病室の窓から

午前五時起床。昨夜も微熱が続いたが、いつもの断続的な眠りだった。右足の熱っぽさが取れずだるい。窓のカーテンを開けると、さわやかな朝風が入ってくる。何となく周囲を片付け、ベッドサイドの袋の中を整理した。歯も磨いた。看護師の朝一番の検温は三十六度八分。血糖値は一四四。病院前の道路を走る車はまだ少ない。やがて向こうの方に阪急宝塚線の電車が走り出す。七時過ぎになると、伊丹空港を離着陸する飛行機の騒音が大きく響く。東の空がだんだん明るくなってきた。いつも窓越しに見る「阪急ＯＡＳＩＳ」のトマトを描いた看板。その辺りの早朝の主役はカラスと雀で忙しそうに飛び回り、電線やマンションのベランダに留まる。ここは、救急指定の豊中渡辺病院四階五一一号室。

この記録は、二〇一三年六月一日（土）の入院日記からの抜粋である。右大腿骨骨幹部骨折の重傷で入院手術した。回復期のリハビリ中の事故によりこの病院への二度目の入院をした。ギブスをはめて動けないベッド生活で、毎日窓からの風景を見るのが楽しみだった。ある朝のこと、いつものように窓越しにトマトの看板を見ていると、二羽の雀が病院のベランダの柵に止まった。動き回る雀たちをじっと見ていると、雀たちもこちらを見ているように思った。その時、聖書のイエスの言葉を思い出した。

「空の鳥をよく見なさい。種も蒔かず、刈り入れもせず、倉に収めもしない。だが、あなたがたの天の父は鳥を養ってくださる。あなたがたは、鳥より価値あるものではないか。」

（マタイによる福音書六章二十六節）

このイエスの言葉の意味は、鳥より人間が優れているということよりも、「鳥も人間も神からいのちを与えられ、守られ、生かされている、だから思い悩むな」ということである。

病院の窓から風景を見る経験を何度もしてきた。骨折による入院が七回、大腿部慢性骨

青野ケ原病院入院中の筆者
（1949年、小学校６年生）

髄炎三回、白内障手術一回を数える。最初は一九四九（昭和二十四）年、小学校六年生（十二歳）の時だった。なかなか病名が判明せず、親父の自転車の籠に載せられていくつもの病院を回った。結局分かった時は手遅れで、右大腿部の慢性骨髄炎だった。当時、兵庫県小野市にあった旧陸軍青野ケ原演習場（現在は陸上自衛隊駐屯地）の戦車部隊駐屯地跡にできた「青野ケ原病院」に入院し手術した。骨を削り膿を出したあとに、縫合しないで傷口が塞がるのを待った。高価な抗生物質ペニシリン注射をお尻に何本も打った。ギブスで足を固定した入院生活は、小学校の三学期を含む三カ月間、学校に行けない辛い日々が続いた。天井の節穴を何度も数えた。

一番の楽しみは病室の窓から外を見ることだった。ベッドから動けない時は、複数の鏡を組み合わせて景色を見た。壊れた戦車や野原の風景などを見て気分転換をしていたが、暗い気持ちを明るくしてくれた二つのことを忘れない。一つは野原に広がる桜満開の風景でこころが癒された。もう一つは、この一九四九年に発表された、西条八十作詞・服部良一作曲の「青い山脈」が、どこからとなくよく聞こえてきたことだった。藤山一郎と奈良光枝がうたう希望にあふれた歌に励まされた。

若く明るい　歌声に
雪崩は消える　花も咲く
青い山脈　雪割桜
空のはて
きょうもわれらの　夢を呼ぶ

六年生の三学期は全休だったが、何とか卒業することができた。その後、術後の傷は一旦癒えたが、完治は十五年後の再手術まで待つことになった。東京オリンピックの年で、長男が誕生した時だった。

一九九九（平成十一）年二月のバイクによる自損事故（凍結道路での転倒）では、右骨盤骨折の重傷だった。救急車で尼崎中央病院に入院、当時学校の教師だったので、三学期の授業を休まねばならなかった。ベッドの上で試験の採点などたくさんの仕事をした。多くのお見舞客と便りをいただき励まされた七十一日間の入院生活だった。

この病室の窓から見えた風景は、ＪＲ尼崎駅前の地域の開発のために建築中のビルだった。何台もの大きなクレーンで、地上から建材物を釣り上げる風景が、自分のベッド姿に重なった。というのは、今回の怪我は切開手術をせずに、牽引によって骨折部分を治療する方法だった。したがってベッドの上を通した棒から紐で大腿部を吊り上げるような格好で、手元から紐の端を引っ張って膝関節の固定化を防ぐ動作をしていた。その格好が、窓から見えるクレーンとよく似ていたのである。何だか自分の右足が、機械のように感じてならなかった。

私が病室の窓から見た思い出を綴ってきた。「窓」は、採光と通気をとりいれる役割を目的として設置されている。ステンドグラスのようにアートとしての窓もある。私にとって窓は、ひとつの視野拡大のツール（手段）でもある。窓から見る世界が、何かを語っている。またその窓から自分が見られているということもある。例えば、本誌「多磨」も一つの窓である。この窓から私たちは何を見ているのだろうか。
病室の窓から見たり聴いたりしたもの——満開の桜や「青い山脈」のメロディー、トマトの看板とカラスや雀たち、建築現場で動く大きなクレーン。みんな私にとって意味のあるものだった。窓は本来開けられるべきものである。何かに行き詰まって、こころが塞ぐ時、自分の前にある窓を開けて、新しい世界を見てみたい。それはまた、自分のこころの窓を開けることでもある。

(「多磨」2017年1月号)

# 遠い日のコンパス

私の書斎の机の引き出しに、七十数年間使用している文房具がある。長さ十二センチの製図用のコンパスで、私が子どもの時、五十年前に亡くなった兄から貰ったものである。八十歳になる今日まで六回転居しているが、このコンパスだけはずっと無くすことなく愛用してきた。

何気なく使ってきたが、よく調べてみると正確には「英式アジャスター付ディバイダー」または「微動ダイヤル付英式ディバイダー」と言う。昔は「両脚器」と呼んでいた。ディバイダーとは、「区切るもの」の意味で、線を分割したり、地図上の距離を測ったりする時に用いるコンパスである。より正確に間隔を測る時は、片方に付いているネジを回して調節する。私の仕事は特に製図を必要とするわけではないが、どちらかと言えば細かいこともきちんとしたい性格なので、何かにつけてこのコンパスを愛用してきた。改めて使い慣れたこのコンパスを眺めていると、遠い故郷の家族の風景が浮かんでくる。

私には、七歳上の兄と三歳上の姉がいた。昭和九年九月九日生まれの姉は、二〇一三年六月に七十八歳で亡くなった。ちょうど私が大腿骨骨折で入院中のため葬儀に行けなかった。兄は昭和五年生まれだったが、結核を患い五十年前に三十七歳の若さで他界している。家族として兄弟三人が一緒に過ごしたのは、私が十八歳で大学に進んで家を離れた一九五五（昭和三十）年までだったと思う。兄は小学生時代に、今で言う「いじめ」に遭っていた。義美《よしみ》という名前から来るのかどうか分からないが、「シーコ、シーコ」と言っていじめられていた。子どもたちが私の家の前を通りながらその言葉を連呼し、兄は泣きながら自宅に帰ってきた。もう七十年以上も昔のことなのに、その光景が私の脳裏にこびりついている。

その後、兄は中学から兵庫県立小野工業高等学校の金属工業科に進んだ。工業高校だからきっと製図の教科があってコンパスなどを使用したと思われる。今私が持っているコンパスは、その当時兄から貰ったものである。高校時代の兄は、部活の野球部で活躍した。一九五〇（昭和二十五）年の三年生の時、ショート（遊撃手）で打席の四番を任されて、全国高等学校野球選手権大会兵庫県大会に出場した。その試合は甲子園球場で行われたが、前日の宿泊所で蚊にかまれて全員睡眠不足となり、相手の洲本実業高等学校に大敗した。

その後の兄の人生はいろいろあったが、結婚して女児（私の姪）を授かった。近くの会社に勤め、有志で結成した「流星」というチームで野球を楽しんでいた。しかし、不幸にも結核を患い何年も入退院を繰り返した。戦後の化学療法の進歩による新薬が開発されたが、結果としてその効果は薄かった。その間に妻とも離婚し、子どもは母が引き取り育てることになった。その後の忍耐強い治療もむなしく、一九六七（昭和四十二）年一月七日に三十七歳の若さで亡くなった。

三十七歳という寿命に改めて驚いているが、思えば短い人生だった。私の子ども時代の兄との関係を思い出そうとするが、その場面の多くは忘れてしまっている。ただ一緒に写した写真が一枚だけ残っている。たぶん私が小学六年生の頃と思われるので、兄が二十歳の頃であろう。兄弟として私たちが生きた貴重な証しとなる一枚である。この写真を見ながら、現在私の机の引き出しに残っている製図用のコンパスを手にすると、遠い日の兄の優しさが伝わってくるような気がする。それはまた、貧しいながらも一生懸命生き抜いた家族の温もりかもしれない。そんなことを思っていると、塔和子さんの「ふるさと」という詩が浮かんできた。

ふるさと

私はふる里を思うとき
いつも夢心地になる
そこには祖父がいた祖母もいた
母や父や兄弟
当然のように近所のおじいさんも
いろりを囲んでいた
山犬やいのししに出会った話
どこそこの娘はいい
ああいう娘を嫁さんにした男は幸せものだ
などととりとめのない話を
あきることもなく夜おそくまでしていた

あれから五十年
　私の知っているものは何も残ってはいないだろう
けれどもふるさとを思うとき
子守唄をきいているようなやさしいこころになる
それから今日も
夢のふるさとに
こころをゆるめて
ながくのびている

（詩集『今日という木を』より）

この詩は、塔さんの故郷に建立された「第二塔和子文学碑」に刻まれている。隔離されたハンセン病療養所で過ごした塔和子さんの、故郷への特別な思いが詠われている。私は、「ふる里を思うとき」「いつも夢心地になる」「子守唄をきいているようなやさしいこころになる」というフレーズに深く共感している。どんなに時が経過し、場所が離れていても、時空を超えて故郷には「夢とやさしさ」がある。だからその夢のふるさとに、「こころをゆるめて　ながくのびている」ことができるのだ。

セピア色の一枚の写真——藁草履《わらぞうり》を履き、両膝に手を置いて何となく緊張している少年。その横に座す兄は、怪我をしたのか指に包帯をしているが、とてもリラックスしているようで、その顔は優しさにあふれている。

（「多磨」2017年5月号）

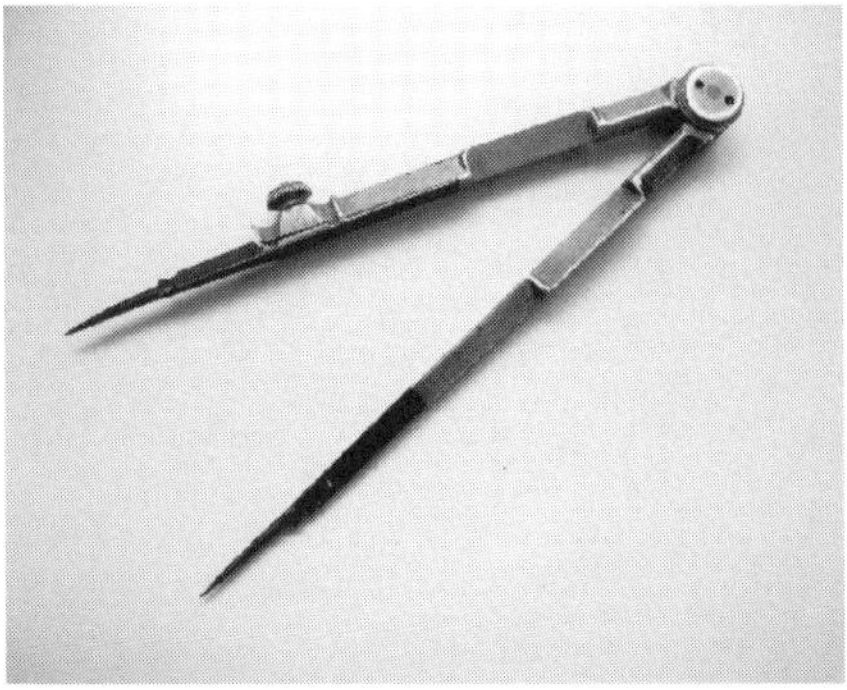

兄と一緒に。残された唯一の写真

# いい酒、いい串、いい出会い

今から二十三年前（一九九四年）、私は『いい人生、いい出会い』という本を日本キリスト教団出版局から出版した。出版社からキリスト教入門を書いてほしいとの依頼を受けたが、自分の手に負えないと悩んでいたら、「今一番書きたいと思われることを書いたらどうですか」と言われて書いたのがこの本だった。出来上がってみると、「これでもキリスト教入門か」と揶揄されそうな内容になったが、それでも私が体験してきた事柄をとりあげて、真面目に書いたつもりだった。『いい人生、いい出会い』という本のタイトルは、「いい日旅立ち」（作詞・作曲　谷村新司）の歌詞をイメージしたが、決め手となったのは焼鳥屋の看板だった。

当時の私は、環境に恵まれた兵庫県西宮市仁川町に住んでいた。二〇一一年に有川浩の小説『阪急電車』が映画化され、内容は片道十五分の阪急電車今津線の電車内に乗り合せた群像ドラマだが、焼鳥屋「楽々亭」はそのローカル線の「仁川駅」前にあった。私はその焼鳥屋の開店日から通っていた。その店の看板に「いい酒、いい串、いい出会い」と書いてあるのを見て、本のタイトルは「これだ！」とひらめいた。そして本の中でこのタイトルの章を設け、店で経験した出会いのドラマを書いた。後日、本が完成した時、お店のママさんが喜んで、店のトイレの中にもチラシを置いて宣伝してくださった。

仁川駅の隣には「甲東園」という駅があり、私の住居も職場もこの二つの駅の近くだったので、その辺りが私の日常の生活圏だった。その「甲東園駅」前に、「ベルン」というスナックがあった。そこのマスターは、プロ野球「阪急ブレーブス」の元選手だった。当時、大変人気があって深夜遅くまでやっていた。その頃の私は非常に多忙で、心身ともにいつも疲労がたまっていた。仁川駅前の焼鳥屋「楽々亭」も楽しかったが、スナック「ベルン」では、また新しいたくさんの出会いがあった。

学校教師という職業柄、普段の私は真面目で堅物人間と思われていたと思う。ただ私は、「僕には五つの顔がある。家庭、職場、教会、ボランティア、そしてもうひとつが夜の顔」などとよく冗談っぽく話して、焼鳥屋やスナックでリラックスしていた。そういう場所で自分の身分を明かすことはなかったが、酔いが回ってくると客同士が開放的になり、やがて私が牧師だと分かると、「へー、牧師さんでもこんな所でお酒を飲むんだ……」と珍しそうな顔をして見つめられる。さらに会話が弾み、マイクを握ってカラオケを歌い始めたりすると、「あんたは偽牧師だ！」などとからかわれた。そして私は、悪いことはしない「安全パイ」とみなされていた。

「偽牧師」の失敗談は多いが、恥ずかしながら極め付きの一例を披露したい。神戸三ノ宮で飲んだ時、酔ってしまって街中のあるところに座って眠ってしまった。たまたま通りかかった夫妻が起こして下さったのだが、そこは有名な「中山手カトリック教会」の入り口だった（現在はカトリック神戸中央教会に改名）。目が覚めて、身分を明かして菅原さんというそのご夫妻にお礼を言うと、「さすが牧師さんだ、酔ってもちゃんと教会にたどりついているとは素晴らしい」と変なほめられ方をしたことを覚えている。

時と場所は変わって、現在の私の生活圏は三年前から大阪府豊中市東泉丘。この辺りは、一九七〇年に開催された大阪万博の会場となった千里丘陵周辺で、竹藪跡に多くのマンションが建っている。大阪の地下鉄御堂筋線につながる北大阪急行の「桃山台駅」が最寄り駅だが、周りには居酒屋の類の店が見当たらない。やっと見つけたのが「昌太《しょうた》」という小さな家庭料理の居酒屋で、素人カップルが五年前に始めたという。カラオケで知り合った男女が、お互いの名前の「太《ふとし》」と「昌子《まさこ》」を合せて「昌太」という屋号を付けた。十三人ほどが座れるカウンターと、後ろにテーブルが一つある。

夕方五時半開店になると、常連の何組かの高齢夫妻がやってくる。他には、Nさんというほぼ毎日来る素敵な女性や警備会社に勤める巨人ファンも来る。家庭料理がおいしくて、全体的に格安料金で、とりわけこの店独自のサービスシステムが面白い。飲んだ焼酎の一升瓶が十本になると、次に一本がサービス（無料）となる。よくご一緒するご高齢夫妻の一升瓶のラベルには、何と二一六本と書いてあった（今年三月）。お客さんはみんな楽しく飲んでいる。ここにも「いい酒、いい串、いい出会い」がある。ただ、私のパートナーと一緒に行くと、「私が横にいるのに、あんたはいつも他のお客さんに話しかける」と叱られる。

私はこういうお店に行くと「カウンターの世界」という独特の文化を考える。この「一枚の横板」を挟む前後と左右にいる人たちをめぐる出会いのドラマがあるからだ。前述の仁川の「楽々亭」は、鉄道の古い枕木を利用してのカウンターだったが、何となく落ち着きが感じられ、裸電球や動かない古い柱時計が、店の雰囲気を醸し出していた。カウンターの向こうにいる読書好きのママさんはもちろん、横に座る八百屋さん、電気屋さん、ミッションスクールの美人と一緒に来るケーキ屋さん、髭を生やした商業デザイナー、塾の先生、単身赴任のおじさんたちと盃を交わしながら語り合った。私にとって彼らは、いわば社会の窓であり、その出会いから多くのことを学んだ。

所変わって「昌太」では、みんな異口同音に「ここに来るのは運の尽き!」「楽しく飲むこと!」と言う。かつての超忙しい現役時代に比べれば、そのストレスの度合いが違う。しかし逆にまた、後期高齢者になってその行動範囲が狭くなり、することが激減して寂しくなる現実がある。気がつけば公園のベンチにぼんやりと座っていたという日が来るかもしれない。高齢者には、高齢者に相応しい生活の知恵があり、その遊び方や学びの工夫があると思う。「昌太」のお客さんのこころの中には、明日への希望につながる提灯の明かりがともっているのである。

(「多磨」2017年8月号)

# 父の肖像

四月（二〇一七年）からNHKの新しい連続テレビ小説「ひよっこ」が放送されている。いわゆるNHKの「朝ドラ」だが、私は早朝番組が苦手でこれまであまり観ることがなかった。今回はその内容に興味があったので録画して観続けている。視聴率も好評で、平均二十%台をキープしている。

有村架純主演のこのドラマは、一九六四年開催の東京オリンピック前後の、茨城の農村を舞台に始まった。この農村で生まれた主人公の有村架純が扮する谷田部みね子が、集団就職でやってきた東京で、様々な出会いを経験しながら成長していく。

ドラマの初めの舞台となる一九六〇年代の茨城地方の農村風景が、私の故郷の播州地方とよく似ている。のどかな農家の佇まい、田植え、稲刈り、牛小屋など、農村の原風景がそのドラマの中にあった。番組のオープニングに流れる田んぼに見立てた畳の上を走るボンネットの大きなバスや、昭和のミニチュア風景がユーモラスに演出される。

このドラマを観ながら、私は父親のことを思い出した。「ひよっこ」では二人の父親、つまり主人公みね子の父（沢村一樹）と祖父（古谷一行）が登場し、東京に出稼ぎに行った父は行方不明になってしまう。屋内で縄を編む祖父の姿に私の父を重ねていた。

「ウサやん」と呼ばれていた父の宇三郎は少しばかりの小作農業を営んでいたが、冬になると大根を買い集めて切干大根を製造し、また青物野菜を作って市場に出して生計を立てていた。しかし、夫婦と子ども三人の五人家族の生活は貧しかった。私は父が三十九歳の時に生まれているが、父の思い出はあまりない。高校を出ると実家と離れて生活したので父親と接する機会が少なかった。

一番の思い出は、大変な酒飲みだったことで、小原庄助さんの上をゆくような朝酒、昼酒、夜酒で、晩年は母が一升瓶を隠しまわっていた。そのうえ短気で酔っぱらうと母に暴言を吐き、茶碗を投げることもあった。そんな父に対する忍耐強い母の姿が私の心に焼き付いている。しかし、子どもには優しい父で、あまり叱られた思い出はない。例えば、堅いそら豆を噛み砕いて私の口に入れてくれたこと、小学校六年生の時に患った病気のために、自転車の荷台にくくりつけた「やみかご」（竹で編んだ大きな籠）の中に私を載せて、いくつもの病院を回ってくれたことを覚えている。最も印象的なことは、バスに乗って隣の町に行く時に、超満員のバスに私を詰め込んで、ドアから落ちそうになるのを両手で抱えるようにして支えてくれたことである。必死になって子どもを守る父親の強い愛を感じた。

私の父が子どもに遺したものは「働く父の姿」であった。どんなに酒を飲んでも、翌朝はまだ暗いうちから畑に行って働いた。また、青物野菜を入れた大きな籠を自転車の荷台に二段、三段と積み重ねて市場に運ぶためにペダルを踏む父の後ろ姿を思いだす。一生懸命に身体を動かすことで、飲んだ酒は父の体内で蒸留され、新しいエネルギーに昇華されていたのかも知れない。

一枚のスケッチがある。一九七八年に私が描いた実家の裏の風景である。画面には見えないが、私にはここに働く父の姿が見える。軒下にはみ出して作った屋根の下は、かつての牛小屋だった。左下にレンガの竈《かまど》があるが、ここで切干大根を製造していた。短冊状に切って干した大根を、大きな釜で煮てから再度天日で乾燥させる。冷たい真冬に、子どもたちもこの作業を手伝わされた。ここにも、働く父の汗が染み込んでいる。その父は、こ

故郷の実家風景。スケッチ・筆者。1963年

のスケッチを描いた三年後の一九八一（昭和五十六）年に、急性心不全で亡くなった。働く父の人生、行年八十三歳だった。

ところで、私も今は一人の父として生きている。私の結婚は一九六三（昭和三十八）年で、長男が翌年一九六四年の東京五輪の年に生まれたから、朝ドラ「ひよっこ」の始まりの時期と重なっている。五十三歳になるその息子が、今年の父の日にポロシャツを贈ってくれた。ひるがえって私は子どもにとってどんな父親だろうか。先日保存ファイルから息子がくれた原稿用紙に書いた手紙が出てきた。小学校三年生の時に、たぶん父の日に当てて学校で書いたものだろう（句読点は原文のまま）。

おとうさんへ。　　三年四組　川崎基生

おとうさん、いつも、いつも、仕事を、してくれて、ありがとう。日曜日は、少しでも、いいから、しばふで、あそんでね！　お父さんは、いつも、学校に、行っているので、夜しか、なにもできないけど、こんどの、父の日は、日曜日なので、なにかしてあげるよ。テレビを見て、ゆっくりしてね！　でも、はじめに書いたように、ちょっとぐらい、遊んでね。お父さん、いつまでも、元気でいてね。

余白に、チェリー、オレンジ、リンゴ、ぶどうが色鉛筆で描かれている。私が「学校に行っている」とは、学校の教師をしていることだが、全体を要約すると、「お父さんはいつも仕事で忙しいけど、もっと遊んでほしい」という内容のようである。確かに忙しくて子どもに構う時間が少なかった。今となっては反省することばかりである。

私は三年前に、四十年間過ごした西宮市の家を手放して、大阪府豊中市の古いマンションの一階に転居した。足の怪我で身体障がい者になり、階段の多い家に住めなくなったからである。その時に息子から一通のメールが届いた。「今となっては実家にそんなにこだわりはないけど、これも一つの区切りと理解しています。お母さんが亡くなって十二年も経ったしね。お父さんは残りの自分の人生をしっかり生きて下さい」

「実家」がなくなった子どもの気持ちが微妙に表現されているが、私には小学校三年生の時にくれた手紙の中にあった同じ優しさを感じた。

（「多磨」２０１７年９月号）

# テレビと向き合う

今年四月三日から始まったNHK連続テレビ小説「ひよっこ」は、一五六回を数えた九月三十日に終わった。女優の有村架純が演ずる矢田部みね子が、茨城の農村から東京に出て、さまざま経験を重ねながら大きく成長するというドラマだった。尻上がりに人気が出て、平均二十三%という高い視聴率だったという。

私は、「朝ドラ」と呼ばれるこのドラマの全編を観た。但し、全て録画して夜観たので、私には「夜ドラ」というわけだが、初めての経験だった。その時代設定や舞台背景が印象的で、終わってからもその余韻が長く続いた。

定年退職を経た後期高齢者は、これからの人生をいかに生きるか、ある意味では難しい時を過ごしている。読書や趣味など、人によって様々だが、私の場合はテレビを観る割合が大きくなっている。最近のにぎにぎしいバラエティー番組にうんざりすることもあるが、それでも楽しい番組はストレス解消にもなる。

私が好きな番組は、ニュース、ドラマ、スポーツ、クイズ、カラオケバトルなどだが、それらを計画的に観るようにしている。その多くは録画して、自分の都合のよい時間に観る。録画はコマーシャルを早送りできる利点もある。観たい番組が重なる時は、同時録画をする。新聞に掲載されるその日のテレビ番組だけではなく、土曜日の紙面に掲載される「週間番組表」を丁寧に読んで、赤線を入れてチェックする。さらに、「春ドラマ」「秋ドラマ」など、連続ドラマの放送日と時間帯、放送局、主演者を書きこんだ「週刊テレビ番組表」を作成する。その中の定番（関西地方）となるのは、「新婚さんいらっしゃい」「鶴瓶の家族に乾杯」「鉄腕ダッシュ！」「開運！　なんでも鑑定団」「探偵！　ナイトスクープ」など。松本清張原作のサスペンスドラマも面白い。最近ではBS放送で懐かしい洋画を観ることも多くなった。スポーツは何でも好きで、とりわけプロ野球の巨人の試合は見逃さないが、負け始めると巨人の攻撃の回だけを観るか、頭に来てスイッチを切ってしまうこともある。

テレビを巡る話題として、私自身が出演した二つの番組がある。いずれも私が結婚式の司式をする番組だが、そのひとつは一九七九年八月のことで、落語家と女優さんの「劇場婚」で、大阪東梅田シネマのスクリーンの前で行った。二人が映画で共演したことで意気投合して挙式にいたったが、新郎は若いハーフの落語家で、その師匠が桂三枝（現在の文枝）だった。ウェディングマーチをテープで流し、桂夫妻の仲人で、私は大真面目で司式を務めた。この模様は翌日のスポーツ新聞で報道され、後日サンテレビ「奥様2時」という番組で放送された。しかし私はその番組を観ていない。一年半後、二人から長女「もも」誕生の便りが届いた。その後交流が途絶えてしまったが、「ももちゃん」の年齢は三十七歳になっている。

もうひとつは、関西テレビの「ザ・タカラヅカ」という番組の出演だった。当時の私はミッションスクールの宗教主事として勤務していたが、この中学部の古い卒業生が関西テレビのディレクターをしていて、彼が担当する番組の「牧師役」を探していて私に依頼が来た。一九七四（昭和四十九）年十一月のことだったが、好奇心の強い私は引き受けることにした。その撮影は豊中市民会館で行われ、十一月二十九日の午後六時からテレビで放送された。その時の資料を残しているので、その模様を少し再現したい。
「ザ・タカラヅカ」という番組は、当時関西テレビで週一回放送されていたが、宝塚歌劇の女優さんたちが出演し、地域の人たちに宝塚歌劇を宣伝する娯楽番組だった。私が出演したのは、ロックミュージカル「愛は銀河を越えて」というタイトルで、地球から遠く離れたオリンポスという星の人間（男性）がやって来て、地球の美しい彼女と結ばれ、私が司式をするという内容だった。出演者は、宝塚歌劇「花組」の麻月鞠緒《あさづきまりお》、瀬戸内美八《せとうちみや》、舞小雪《まいこゆき》で、終了直後に「ゲストコーナー」があって、牧師役をした私が麻月鞠緒さんのインタビューを受けた。

麻月　「先生、今日はお忙しいところ結婚式を司って下さりありがとうございます……。ところで先生、神様は本当に存在するでしょうか」
川﨑　「神は皆さんの心の中にいらっしゃいます。どんな心の貧しい人の中にも……」
こんなインタビューのやり取りが台本に書いてあって、私はそれを読む形でコメントしている。そして最後にディレクターが、「先生、最後にフィナーレのQ（キュー）を出し

関西テレビ「ザ・タカラヅカ」に出演。1974年11月29日

て下さい」と言われたが、台本になかった言葉だったので一瞬戸惑ったが、思い切って右手の人差指を会衆に指して、「さぁ、フィナーレといこう！」と叫んだ。当時はまだビデオがなかったが、後日の本番放送を自宅で観ながら写真を撮り、録音した。記録によると、出演料は税抜きで八七〇〇円と書いてあった。

後日談で忘れられないのは、この放送のことを学校の生徒たちが知っていて観た者たちがいた。私が出した最後のキューの仕草が面白かったのか、学校ではしばらく私のニックネームが「フィナーレ」になった。もう四十三年も昔の話で、この生徒たちは六十歳になっている。ネットで調べたら、共演させていただいた麻月鞠緒さんは、二十三年前に五十一歳で他界されていた。

私が初めてテレビを観たのは一九五三（昭和二十八）年の高校二年生の時だった。確かその年にシャープから国産第一号の白黒テレビが発売され、日本国民はその新しい文化に興奮した。まだ普通の家庭では観ることが出来ず、学校の理科室に置かれた丸いブラウン管に映るプロレス中継に生徒たちは殺到。力道山が空手チョップを振りおろして外人レスラーを倒す映像に熱狂した。あれから六十数年の歳月が流れている。

テレビと向き合ってきた私の人生。たかがテレビの話だが、されどテレビの話で、私にとっては今もテレビは大切な友人である。

（「多磨」２０１７年12月号）

# しゃべり場に集う

私は四年前に、大阪府豊中市にあるマンションに西宮市から転居した。一九七八（昭和五十三）年に建てられたこのマンションは、今年でちょうど四十年になる。マンションは、ＡＢＣＤの四棟からなっており、総戸数は三三〇戸で、私はＤ棟の一階に住んでいる。

マンション住まいが初めての経験で分かったことは、マンションの住人たちの交流がほとんどなく、夕刻になって子どもたちの遊ぶ声が聞こえるほかは、あまり人影がない。四十年も経過しているのだから世代交代もあるだろうが、どんな人たちが住んでいるのかよく分からず、共同の郵便受けやエレベーターで会う人と挨拶を交わすくらいだ。ただ四年目の私は新参者で、マンション生活の認識が不足しているのかもしれない。

そんなことを思っている時、マンションの掲示板で「みんなのしゃべり場」と書いたポスターを見た。「世代間交流を目指して。午後のひと時、老若男女、たくさんのご参加を」（毎月第四金曜日午後一時～四時頃まで）と書いてある。後期高齢者となった私は、脚の骨折の後遺症で身体障がい者となって外出が激減したこともあり、寂しい思いをしていた。しゃべり場？　どんな人たちが集まるのだろうかと思って管理人に聞くと、「女性の年寄りばかりですよ。男性はあんまり勧めませんな」と言われた。なるほど、「大阪のおばちゃんたちのしゃべり場か」と思った。初めてのことには勇気がいるが、二月の集いに思い切って参加した。C棟の集会所に行くと歓迎された。私を除く八人の参加者全員が女性で、平均年齢は八十歳前後だった。この会は六年ほど前にできて、現在のメンバーは十一人で男性はいないとのこと。「旦那さんは来られないのですか？」と聞くと、「絶対に来ません。ようしゃべりませんわ」「うちでじっとしています。BSテレビで時代劇ばっかり観てます」というような話から始まって、皆さんが持ち寄ったお菓子を頂きながらおしゃべりが続いた。

驚いたことに、この日初めて会った八十三歳のAさんが、かつて国立ハンセン病療養所多磨全生園のカトリック教会代表の方（視覚障害者）のために、朗読奉仕をしていたと言われた。「えっ、僕はその教会の隣にある秋津教会に毎月行っているのですよ。世間は狭いと言うけど、本当ですね！」と驚くと、「わたし、その方の著書を持っていますからあとで届けます」という会話になった。

最近、高齢者問題について新聞とテレビで二つの報道を見た。ひとつは、今年二月二十八日付の朝日新聞「声」欄の「どう思いますか」というコーナーで、ある投稿者の「老人会どうしたら仲間増える」という声をめぐる意見が掲載された。「自分たちがやっている老人会活動がマンネリ化し、新会員が集まらず苦悩している。球技、輪投げ、カラオケなど親睦と健康保持では模範的だが、もっと会を活性化したい。名作映画鑑賞、川柳教室、植樹で社会貢献などを考えている」という内容だった。これに対して「友達と笑って過ごしたい」「してもらうだけでは魅力ない」「まず、健康。身体動かし外に出よう」「子どもたちと交流できるなら」というようなコメントが寄せられていた。高齢化時代を迎えている社会のひとつの象徴的な話題だと思った。日本の男女平均寿命は八十三・七歳となり、世界一の長寿国となっている。長寿は祝福されるべきことだが、問題はどのように生きるかで、「老後はのんびりと過ごしたい」などと言っておれない時代になっている。私も八十一歳の年金生活者であるが、この人生の夕暮れをどう生きるかを日々考えている。

もうひとつの報道は、二月二十五日（日）の深夜に放送されたＭＢＳドキュメンタリー『映像』18「ローズアパート―ひとつの老いのかたち―」という番組だった。京都清水寺近くにひっそりと佇む、築五十年以上の木造二階建ての古いアパートがある。そこで暮らす七世帯の高齢者たちの姿を、二年間カメラが追いかけた。歩けばギシギシときしむ廊下に面して、六畳ほどの部屋に過ごす高齢者たち。Ｋさんは、かつては大阪西成区のあいりん地区で日雇い労働者をしていたが、年齢と共に仕事がなくなり路上生活を経て、ある支援者と出会ってこのアパートに来た。二歳上の妻と暮らす八十一歳のＴさんは、元暴力団組員で服役経験もある。生活保護を受けている世帯、息子と絶縁状態の男性、かつては祇園で働き、何度も男性とのつらい別れを経験した女性。それぞれがさまざまな人生を経て、「ローズアパート」にたどり着いた。

「おはよう、コーヒーを一緒にのまへんか」と、Ｔさんが毎朝住人に声をかける。このアパートの空き部屋になっている一室に、それぞれがお菓子を持ち寄る「コーヒータイム」が始まる。ここではみんなの過去は関係ない。時々トラブルもあるが、お互いに支え合って生き抜こうとする優しさがある。肉親ではないが、人と人とがつながりながら人生を全うしようとする家族の姿を見た。番組のホームページには、「少子高齢化で超高齢社会を迎える日本。その中で寂しく孤独死する高齢者が増えている。番組では様々な人生経験を経てこのアパートに流れ着いた高齢者を追いながら、お互いに寄り添い、助け合う一つの〈終の棲家〉のかたちをみつめる」と紹介されていた。

私のマンションで持たれている「しゃべり場」は、この番組のアパートの「空き部屋」に重なるところがある。状況は違っても、残された人生をより豊かに生きたいという思いがある。人生で不幸なことは、かかわりあう相手がないことだと思う。三月も「しゃべり場」に参加したが、私も含めて十二人の名前が記入された「喋り場の当番表」が配られた。相変わらずのおしゃべりだったが、「わたしは、今が一番幸せや」と言われたMさんの言葉が印象的だった。

（「多磨」２０１８年５月号）

# IV

# さらば昴よ！——牧実さんを送る

二〇一二（平成二十四）年八月二十二日の朝、東北新生園の「さくらホール」で行われた、牧実《まきみのる》さんの告別式に参加した。故郷の岩手県からのお身内の方、園長、自治会長、入所者、職員など約七十人の参列者があった。私は牧さんと交流のあった訪問者として参列し、登米市斎場での火葬、収骨、園の霊安堂での納骨まで全ての弔いの儀式に参加した。

霊安堂に納骨される時、私のこころは哀しみと懐かしさにあふれて震えていた。この霊安堂こそが、私と牧さんとの出会いの場所だったからである。一九八四年、私は社団法人好善社が東北新生園で初めて実施した「全国学生社会人キリスト者ワークキャンプ」に参加した。当時四十七歳で、ハンセン病療養所に来るのは初めてだった。このワークは三年間続いたが、初めの二年間はこの霊安堂の整地作業だった。このワークの指導者は、当時自治会の役員であった牧実さんだった。後に、私たちが汗を流して整地したこの場所に立派な霊安堂が完成した。今その場所に、牧さんの遺骨が納められたと思うと感慨無量であった。

三年目のワークは、霊安堂の整地作業の際に運んだ残土の置き場のところに、「火防道路」を設けるための土木工事だった。ここでの指導も牧さんで、「土坡踏《どはふ》み」など厳しい作業の指導は完璧だった。この年のワークの後、入所者とキャンパーとの交流会があり、私は園内のカラオケグループ「みちのく会」との交流会に参加した。皆さんはとてもお上手でびっくり、キャンパーも何とか持ち歌を歌った。そして最後に登場されたのが牧さんで、ご自分で作ったテープを持ち込んで歌われたのが、谷村新司の「昴《すばる》」だった。

その熱唱ぶりは圧巻で感動した。実は当時、私の十八番《おはこ》がこの「昴」だったので、一緒に歌いたい衝動にかられたが我慢した。「火防道路」という一本の道を作った直後だったので、その「昴」の歌詞が印象的だった。

ああ　いつの日か　誰かがこの道を
ああ　いつの日か　誰かがこの道を

我は行く　蒼白き頬のままで
我は行く　さらば昴よ
我は行く　さらば昴よ

この時から、私の中で牧さんと言えば「昴」ということになった。園内のカラオケ大会のビデオテープを三本いただいたが、総合司会の牧さんの姿は実にダンディーで、独唱されるその声は甘く軽やかで歌唱力抜群だった。会場の看板やポスターも、すべて牧さんのアイデアと達筆による労作だった。

すべての面で細やかな配慮が行き届き、何事も完璧にこなそうとされる性格を、私は「牧美学」と呼んでいた。例えば、訪問した折に最初に出して下さるお菓子は「出逢い」、お別れの時は「旅立ち」。ちなみに、その他にいただいたお菓子の銘柄は、「めぐり逢い」「逢うたび新鮮」「伊豆沼慕情」「伊豆沼―白い天使」「太古のロマン・原人の里」「雪の松島」「岩きり」「伊達の膳」「禁断の木の実」といった具合だった。

お酒では、「夢あかり」「迫の清流」「北からの風」「天賞＝仙台ロマン」「北国の恋人」「星詩人」「上喜元」「栗駒山」「冬昴」「愛燦燦」などで、飲む前からそのネーミングに酔った。毎年訪問して中央集会所に泊めていただいたが、台所の冷蔵庫はいつも満杯だった。私のために奔走して美味なる物を準備して歓迎してくださった。それらの品に付けられた、夢、旅、星、雪、恋、愛、慕情、詩、風という言葉のイメージから、牧さんがいかにロマンチストであるかが想像できた。ここに客を完璧にもてなそうとする「牧美学」の真骨頂があった。

昭和五年生まれの牧さんは、八十二歳で逝去。昭和二十三年に入所、六十四年間の在園生活だった。私の亡き兄も昭和五年生まれだったので、何だか牧さんを兄のように思えた。お互いの誕生日には、毎年祝電やお祝いのカードを交換し合った。几帳面な性格、ロマンチスト、好きな歌はポップス、バイクで転倒して怪我をしたり、糖尿病を患ったりと、その生き方に共通点が多かった。

牧さんとのもう一つの大きな絆は、キリスト教の信仰であった。園内の「新生園伝道所」の信徒代表を三十年以上も務めた。牧師である私は、毎年の訪問時には園内の三つの教会との交流の中で、懇談会や礼拝説教をさせていただいた。ある年、牧さんの葬儀は私が司式をし、讃美歌は四九六番の「うるわしの白百合」を歌うという約束をした。結果的にはその約束は実現しなかったが。

ただ、晩年の牧さんは怪我で入院されたり、とりわけ二〇一一年一月に初恵夫人を亡くされた頃からの体調は、心身ともに厳しい状態だった。ある時、病棟の牧さんを訪ねたが、あの完璧な牧美学のお姿ではなかった。数年前からお手紙もカードも電話も無くて、その変わりように驚いていた。しかし、それはご病気によることなので仕方がない。それまでの交流の果実を糧としながら向き合っていこうと思っていた。告別式では、その司式を私がさせていただき、式辞を述べたかった。そして、「うるわしの白百合」の讃美歌を大きな声で歌いたかった。さらにもっと言えば、牧さんの棺の前であの谷村新司の「昴」を声高らかに歌いたかった。

かつて仙台空港から乗ったリムジンバスの中で聞いた、牧さんもお好きだった仙台出身のさとう宗幸が歌う「青葉城恋歌」を思い出す。

「♪時はめぐりまた夏が来て…あの人はもういない」というフレーズが、故人となられた牧さんと重なる。新生園でかかわりを持たせていただき、今は天国の人となられた多くの方々のお顔も同じである。深い鎮魂の思いをささげたい。牧実さんとの出会いは、私にとってハンセン病問題とのかかわりの原点となっている。牧さんから多くのことを学び、励ましをいただいた。今は、神様の御許で安らかに眠っておられるだろう。

ああ　さんざめく　名もなき星たちよ
せめて鮮やかに　その身を終われよ

牧実さんは私の人生を激しく横切って天上に舞い上がり、永遠に輝く昴となった。

（「新生」２０１２年12月号）

# 闘いと祈りの人――曽我野一美さんを送る

訃報はいつも突然に来る。二〇一二（平成二十四）年十一月二十三日（金）の夕刻、大島青松園のキリスト教霊交会代表の脇林清さんから、曽我野一美さん逝去の電話があった。高松市の県立中央病院にご入院のことは聞いていたが、突然の訃報に一瞬言葉を失った。二十四日（土）午後二時前夜式、二十五日（日）午前十時三十分告別式との知らせをうけた。二十四日は午後から結婚式の司式があったが、終了後ただちに礼服のネクタイを白から黒に代えて、高速バスで三ノ宮から高松市に向かった。その夜は市内のホテルに宿泊し、翌日高松港午前九時十分発の官用船「まつかぜ」で大島に向かった。同じく告別式に参加される方々で船は満員になった。

告別式は大島会館で行われた。全国からの参列者と入所者約二〇〇人で満席だった。ステージの前につくられた祭壇には、白い布で蓋われた棺と曽我野さんの遺影、その前に赤い十字架と古い聖書一冊が置かれていた。その左側には「故曽我野一美兄之柩」と書かれた大きな文字が目を引いた。周囲に飾られた白い菊と百合の花が、清楚で厳かな雰囲気を漂わせていた。司会のキリスト教大島霊交会代表の脇林清さんから、曽我野一美さん（本名・山本悟）の略歴が語られた。


一九二七年（昭和2）七月十一日、高知県中村市（現四万十市）にて生まれる。

一九四三年（昭和18）旧海軍飛行予科練習生を志願。特攻隊要員となる。十六歳。

一九四五年（昭和20）終戦の年、ハンセン病を発病。十八歳。

一九四七年（昭和22）国立療養所大島青松園に入所（強制収容）。二十歳。

一九五〇年（昭和25）山本千沙子さんと結婚。二十三歳。

一九六九年（昭和44）園内のキリスト教霊交会で、河野進牧師より洗礼を受ける。

一九八三年（昭和58）全国ハンセン病患者協議会会長就任（一九九一年まで八年間）。

「らい予防法」改正・廃止運動を闘う。

二〇〇一年（平成13）「ハンセン病違憲国家賠償訴訟」全国原告団協議会会長に就任。

二〇〇六年（平成18）この頃、アルツハイマー病を発症。七十九歳。

二〇一一年（平成23）転倒により脳内出血。高松市の県立中央病院入院手術。

退院後園内の病棟でリハビリを続け、徐々に回復。

二〇一二年（平成24）入院中の高松市の県立中央病院にて、十一月二十三日午後四時四十五分、誤嚥《ごえん》性肺炎により死亡。八十五歳。


園内では、自治会（協和会）自治会長を何度も務め、またキリスト教霊交会の代表を二〇〇六年まで長年務められた。このようにその略歴を見れば、曽我野さんの八十五年の生涯は、ハンセン病と向き合う苛酷な療養所生活と、国家の人権差別と厳しく闘う闘士の姿、そしてキリスト者として祈る人の姿が重なってくる。

生前に親しい交流があった松山市の小島誠志牧師が、告別式の説教で語られた言葉がこころに残っている。海軍予科練の特攻隊要員として終戦を迎えた曽我野さんは、その志を果たせないまま「死にぞこないの人間」として生き残った。しかし、ハンセン病を病んで戦後を生きることになったが、決して死にぞこないの人間としてではなく、精一杯の八十五年の人生を生き抜かれた。大島青松園入所後、山本千沙子さんと結婚、その夫人の生き方に触発され、キリスト教霊交会の扉を開けて光を見た。「たとえわたしは死の陰の谷を歩むとも、わざわいを恐れません。あなたがわたしと共におられるからです」という旧約聖書詩篇二十三篇の言葉が、曽我野さんを支えていた。暗い谷間に道を見出し、一緒に歩いて下さる方に寄りすがりながら、一足ひとあし信仰の道を歩かれた。曽我野さんは、目立つところでは厳しく活躍した方だったが、隠れたところでは人に優しく気遣いが行き届いた人だった。

そのような曽我野さんのことを、自治会長の山本隆久さんは最後の挨拶で、「決断力があり、組織力に優れ、人生の大半を療養所の自治会活動、全国患者協議会のリーダーとして活躍、らい予防法廃止、国賠訴訟の解決、療養権の確立のためにその力量を発揮された功績は大である」と語られた。

式の中で歌った讃美歌で、三五五番が故人愛唱歌であることを初めて知った。

主を仰ぎ見れば　古きわれは、／うつし世と共に　速《と》く去りゆき、
我ならぬわれの　あらわれきて、／見ずや天地《あめつち》ぞ、あらたまれる。

（一節の歌詞）

この讃美歌が作られた時、「わたしはまた、新しい天と新しい地を見た」という言葉で始まる新約聖書ヨハネ黙示録二十一、二十二章を読んで感じた作者が、「新天地の歌」という題を付けたそうである。文語体の古い歌詞だが、何度も口ずさんでいるとその意味がこころに染み込んできた。あるハンセン病療養所のかつての園歌に「ふるき夢さり／あたらしき／平和の国のさちうけつ／自由の園に療養の／病むも看とるも　いざともに／われらが園を／楽しき園を讃えなん」という歌詞があったことを思い出す。その内容と全く違った療養所の実態の中で、六十五年の苛酷な暗い谷間の人生を闘い抜いた曽我野さんは、本当の自由で平和な安らぎの新天地に導かれたと信じたい。

告別式の後、曽我野さんのご遺体は「風の舞」がある高台の火葬場に移され最後のお別れをした。この時私は、この島の詩人・塔和子さんの「魂の園」という詩を思い出していた。

今が錯覚の春だとしたら
強制的にふるさとを追われた

過酷なあの日は冬でした

私もいま
目の前の快さにあやされながら
冬の最中に没した
あなた達のそばにすこしずつ
少しずつ近づいています

生き抜きましょう
暖かい人々の手によって成った
魂の園で
こころおきなく
この肉体から
解放されるために

(『塔和子全詩集』第三巻「未刊詩篇」より)

一九九二（平成四）年に、この「風の舞」のモニュメントが千人のボランティアの手によって作られた時、曽我野さんは自治会長だった。国の強制収容という冷たい冬の谷間に没した仲間たちを追悼しながら作った「魂の園」。曽我野さんのこの世の目に見える姿は、火葬場の重い扉の向こうに移された。「この肉体から　解放されるために」と詠った塔和子さんの鎮魂歌は、曽我野一美さんの天国への旅立ちにふさわしいと思った。

一九九四年、かつて大島青松園に在園し、後に社会復帰された土谷勉氏の著書『癩院創世』の「再版に当たって」という序文の最後に、曽我野さんは次のように書かれている。

「療養所の中の教会というのは、そもそも、有限の存在であって、入所者が居なくなれば、その時点で教会生活は終わる。そういう約束の上に成り立っている教会であり、既に今日、会員数は三十数人にまで減少している。いよいよ終末に向け駆け足で進みつつあるが、どうぞ、その終わりの日までご指導とご支援をお願い申し上げたい」

消えゆく療養所の、消えゆく教会の終焉の姿。曽我野さんのこの言葉は、今となっては実に的確にその状況が述べられていることが分かる。大島青松園の入所者は、十一月二十三日の曽我野さんの死亡で、八十四名になったと聞いた。大島青松園がますます静かになって行く。エンドレスに鳴り響く盲導鈴の「ローレライ」のメロディーが、潮風に煽られてもう意地になって鳴っているように思えたりする。

六十二年間の夫婦生活を共にされた、千沙子夫人は曽我野さんのいろいろな意味でのふさわしい最愛の伴侶であった。腰痛のために不自由なお身体であったが、曽我野さんが入院されたのでお見舞いに行かれた時に転倒、大腿骨を骨折して同じ病院に入院し手術された。喪主であるが葬儀には出席できないので、自治会長の山本隆久さんが喪主代行を務められた。また、高校生時代から大島青松園に通い、曽我野さん夫婦を両親と呼んで家族ぐるみで交流してきた、大阪府堺市の田多隆子さんが千沙子夫人の代理をされた。

告別式には、全国ハンセン病療養所入所者協議会会長の神美知宏《こうみちひろ》さんはじめ、曽我野さんとかかわりのある多くの方々が参列された。その人たちをめぐる曽我野さんの多くのエピソードも聞いているが、ここでは割愛する。私自身は、好善社の社員として約二十五年前からの交流があり、現在も霊交会の礼拝説教のために毎月一回大島を訪れている。曽我野さんの手料理によるでっかい焼き肉をいただいたり、高松市牟礼町の「郷屋敷《ごうやしき》」でうどんをご馳走になったり、園内の職員食堂で焼酎の杯を交わしたりしたことも多々あった。

告別式で歌ったもう一つの讃美歌四〇五番「かみともにいまして」は、これもまた古くから送別の定番讃美歌のように用いられてきた。「かみともにいまして／ゆく道をまもり、／あめの御糧《みかて》もて／ちからをあたえませ。／また会う日まで／また会う日まで／かみのまもり／汝《な》が身を離れざれ」（一節）。何故か歌詞と曲がうまくマッチしていて、歌うと感傷的になり、必ずと言っていいほど涙が出てくる。その二節を歌い出した時、私は曽我野さんの人生を激しく連想した。

荒野《あれの》をゆくときも、
あらし吹くときも、
ゆくてをしめして、
たえずみちびきませ
（あとは繰り返しのフレーズ）

曽我野さんにとって「荒野」とは何であったか。「あらし」とは何であったか。「ゆくて」や「みちびき」はどのようなものだっただろうか。小島牧師が、「死の陰を歩むとも、わざわいを恐れません」という詩篇の言葉を語られたことを思い出した。そしてさらに、私が曽我野さんの口から何度も聞いた重い言葉を、詩篇や讃美歌の言葉に重ねた。「二律背反的ですが、人権を侵し、強制隔離をした国の政策には断固反対。らい予防法の犯した過ちは、生きている限り糾弾を続ける。しかし、国のお世話にならなければ、今日まで生きることが出来なかったことも事実です。非人道的な扱いを受けたけれど、結果としては国の税金で生かされてきた。そのことを肝に銘じて生きて行きたいと思います」

私は当事者ではないが、この曽我野さんの二律背反の心境に共感を覚えるところがある。きっと闘いの最中に、この問題に突きあたって孤独を味わい、大きなストレスに悩まれたことだろう。しかし、そこにまた、曽我野さんならではのしたたかさと忍耐と勇気があったに違いない。曽我野さんは、あの海軍予科練の特攻隊精神で、国家という巨大な壁に立ち向かって闘い、生き残りの人生を燃焼されたと思う。

闘いと祈りの人・曽我野一美さんの天国でのご冥福を祈り、残された千沙子夫人の上に神様の限りない慰めを祈りたい。

（「青松」２０１３年３・４月号）

# 木はただ木であることの美しさ——塔和子さんを送る

この国立療養所大島青松園で七十年間を生き抜かれた塔和子さんは、八月二十八日（二〇一三年）午後三時十分に急性呼吸不全で亡くなられた。満八十三歳だった。八月二十九日に前夜祭、三十日に告別式が、塔さんが所属するキリスト教霊交会によって協和会館で行われた。改めてご遺族の皆様にこころからの哀悼の意を表したい。

塔さんの八十三年の生涯については、本日お配りしている「年譜」に記されている。塔さんは、一九二九（昭和四）年愛媛県東宇和郡（現西予市）明浜町の小さな海辺の村で生まれ（今日はその西予市から多くの方が参加されている）、十三歳の時ハンセン病によりこの療養所に隔離された。その苛酷な人生を簡単に述べることはできないが、二十二歳の時、十歳年上の赤沢正美さんと結婚し、その影響で文学に興味を持ち、やがて詩作によって生き甲斐を見出し、十九冊の詩集を次々と発行、その十五冊目の『記憶の川で』で第二十九回高見順賞を受賞した。その後、宮崎信恵監督によって制作されたドキュメンタリー映画「風の舞―闇を拓く光の詩」が上映されたことによってさらに全国に読者が広がった。映画の中で俳優の吉永小百合さんが詩の朗読をし、塔さんのファンになったということも注目された。

私は二十六年前（一九八七年）に大島青松園を訪れた際に、塔さんの詩「胸の泉に」を読んで感銘を受け、その後交流や詩集出版の協力を続けた。二〇〇五年、約千編の詩を収録した『塔和子全詩集』（全三巻・編集工房ノア）の編集に携わり、改めてその詩の深さと重みに圧倒された。その年、数人の熱心な読者とともに「塔和子の会」を立ち上げ、その代表となった。塔さんとその詩に向き合う私の想いはますます深まり、「塔和子詣で」のように一七一回も訪ねており、二十六年間の塔さんとの交流は私の宝物となっている。

塔さんの詩作への情熱は尋常ではなかった。第二作目の詩集『分身』の後記に、「私にとって、この現実はすべて詩を産むための母体でした。苦しいときは苦しみを養分にして、悲しいときは悲しみを養分にして詩を身ごもり、まるで月満ちて産まれ出る子供のように、ひとつずつひとつずつ作品が生まれました。その意味で詩は正に分身です」と書いている。

そんな詩を詩人・永瀬清子は「その詩が病者の域をはなれ、人間そのものの深淵にふれようとしていることは、彼女の資質に根ざしている所」と評した。また、高見順賞の選者たちも塔和子の詩を「生の奥」「生の深部」「自分の本質」からいのちを見つめ、表現していると高く評価した。

その中には人間本質の姿を追求し、「鯛」や「嘔吐」のような、読んでいてこころが凍るような鋭い人間観察の詩もあった。読者の魂を根底から揺さぶるような激しさである。しかし、塔さんの療養所での日常は穏やかな時ばかりではなかった。幻想や被害妄想に追いかけられたこともあったようだ。自殺未遂もあった。詩を書けなくなった時もあった。そして最大の苦悩は、夫・赤沢正美さんを亡くされた時であろう。「共に過ごしたひとつの『かけら』」(詩集『日常』「平和」)を失った悲しみは塔さんを深い淵に陥れた。そして高齢化とパーキンソン病が重なり、晩年は言葉を失いコミュニケーションが出来なくなった。

でも、塔さんの外なる身体は衰えても、内なるこころは萎えることはなかった。身体が衰退して行くなかでも「詩について話す時は、その表情が全く違う」と感じた人も多い。そこには塔さんの詩の中に一貫する「自分のいのちについての矜持・誇り」がある。ご自分を猫にたとえて詠った「一匹の猫」(詩集『分身』)という詩がある。

「私の中には／一匹の猫がいる／怠惰で高貴で冷ややかで／自分の思うようにしか動かない／……へつらうことをきらい／馴れ合うことを拒絶し／いつも／気位い高く／美しい毛並をすんなりと光らせて／世にも高貴にねそべっている」

塔さんの詩は、『はだか木』から始まって、第十九詩集『今日という木を』で終わっているが、全詩集の中で、「木」が重要なモチーフになっている。そんな詩群の中で印象深い詩「木」を引用してみたい。

むしばまれた葉があったので
この木はいかれたのだと信じられてしまった
それで
その木は
ごみや汚水をかけられて
いつも傷口から樹液をしたたらせていた

木は

されるままになっていたから
弱いと信じられた木について
風景はいつでも冷たく
残酷になることができた

木は
追いつめられたので
空間をひろげることしかできなかった
でも
季節はうすいまくをはがすように
やがて
繁る季節から凋落の季節へと移って行った
蓑虫が
臆病そうな目を
出したりひっこめたりしはじめた頃

木は
それらむしばまれた葉の
虫の家をぶらさげて
ゆうぜんと立っていた
それは
木の愛であった
木の復讐であった
木の武器であった
木は
ただ木であることによって美しかった
むしばまれていなかった木について
人々はもうふりかえらなかった
何事もなかったように
静かな風景の中に
一本の樹が

そびえていた　　　　　　（詩集『分身』「木」）

「ごみや汚水をかけられて、弱くていかれた木」と信じられて、冷たい風景の中に立っていた木。それはハンセン病を病んだ人々の姿を指しているのかもしれない。塔さんが生きていた現実を表現している詩と受け取ることもできる。いや、この木は塔和子自身の姿であろう。どんな状況に置かれても、人が何と言おうとも凛として立っている木。そんな木を「ただ木であることによって美しかった」と言う。ただの木であること―ありのままの「はだか木」の姿、そこにこそ木の尊厳がある。「裸」（『分身』）という詩では、「着ているものや／着せられたものは脱いでやれ／着たいと思っているものだけが美しい／そして私は／いつも裸だ」と詠っている。

私は、二十六年間書き続けた「塔和子訪問日記」をたどりながら気づいたことは、「裸の塔和子」だった。あの病室のベッドに横たわり小さくなって、言葉も言えなくなった塔和子のありのままの不動の姿、私はそんな等身大の塔さんが大好きだった。ベッドの上の塔さんは、何も発していないようでも、ゆうぜんと立っている「塔和子という木」の威厳があった。いのちの尊厳を語る詩人の魂と迫力があった。

私たちは今、詩人・塔和子さんを深い思いを持ってお送りし、そのご生涯を私たちのこころに刻みたいと思う。目に見える肉体の塔和子さんはもう語ることはないが、その分身である詩集をとおして、今後もいのちの尊厳と希望を語り続けるであろう。

（二〇一三年十一月三日「塔和子さんを偲ぶ会」にて）

# 終《つい》の棲家

八月二十日（二〇一六年）、高松市の友人から「大島青松園の山本隆久さんが、十九日に亡くなられた」というメールが送られてきた。最近はハンセン病療養所からの訃報が続いている。

山本さんの葬儀には出席できなかったが、ご夫人が園内のキリスト教霊交会の会員であることから、お悔やみの手紙を出した。ご生前の山本さんとは年賀状を交換し、大島ではいつも笑顔でご挨拶をいただいた。山本さんについては、かつてNHKが制作した二つのドキュメンタリー番組（猪瀬美樹ディレクター）に出演されたことで、そのお人柄を知った。

その放送の一つは、二〇〇七年五月に放送されたNHK・ハイビジョン特集「忘れないで ―瀬戸内ハンセン病療養所の島―」で、大島青松園の職員の子どもたちのために設立された「庵治第二小学校」の生徒と入所者との交流を描いた感動作品だった。

もうひとつは、その六年後の二〇一三年十月に放送されたNHK・ETV特集「僕は忘れない―瀬戸内 ハンセン病療養所の島」で、前編の中で登場した吉田昂生《こうせい》君を中心に描いた作品である。この二つの放送の中に、山本隆久さんと子どもたちの交流が温かく描かれている。私は今、これらのNHKドキュメンタリー番組の内容を思い出しながら、天国に帰られた山本さんを偲びたいと思う。

山本隆久さんは十五歳で発病、十九歳の時に大島青松園に入所された。病のゆえに絶望し何度も自暴自棄になりかけたが、「陶芸」に出合って人生が変わった。子どもたちが「陶芸名人」と言う山本さんは、大島の土で作品を作ることに没頭した。ある日、山本さんは六年生の吉田昂生君を自宅に招き、これまで作ったたくさんの作品を見せる。陶芸に打ち込んで生き甲斐を見出した山本さんだったが、初めはその作品を社会の人に見せることはなかった。島の外の人が自分の作品を触ってくれるとは思わなかった。しかし、そのように思っていたのは自分の卑屈さであり、自分の中での差別意識だったと昂生君に話された。子どもの前での真摯な告白だ。やがて自分が生きた大島の土で作った作品を、他人の誰かが使ってくれるようになった。そこに山本さんの大きな生き甲斐があった。陶芸を通してこころの社会復帰をしていったと語られた。

昴生君は「大島のことをどう思っていますか?」と聞いた。「うーん、難しい質問だね。好きも嫌いもない。ここしか生きるところがないから……」。山本さんは、療養所の中で自治会長など何度も役員をして活動しておられる。山本さんは昴生君に、「どんな道を進むか楽しみにしている。どんな人間になるにしても、闇の社会に行かないように。表の世界で堂々と胸を張って生きてほしい」と強い口調で語られた。六年後に作られた「僕は忘れない」の「僕」は、大学生になった吉田昴生君のことで、彼の成長と大島青松園の変化を重ねながら、ハンセン病問題について語り、考えさせる内容になっていた。前回の番組で、「陶芸名人」として紹介された山本隆久さんは、吉田君にとって尊敬する忘れられない人だ。相変わらず大島の土で陶芸に励んでいる山本さんは、磨きをかけて小さな骨壺を作っていた。その壺に「現世《うつしよ》を脱《ぬ》けて無限を壺に棲む」と辞世の句を刻んだ。そして吉田君に「これがわしの棲家《すみか》じゃ。わしゃ死んだら、ここで焼かれるけん、焼いたら骨一つ拾ってこん中に入れてな」と語る。小さな骨壺は、六十一年間眺めつづけた瀬戸内の海の色に出来上がった。私にとって、この山本さんが自分が入る骨壺を作る場面が非常に印象的だった。

辞世の句を刻んだ骨壺

大島青松園には、遥か高松港が遠望できる高台に美しい納骨堂がある。私は何度も納骨堂に入ったことがある。扉を開けると、室内に骨箱が整然と並べられていた。一九〇九（明治四十二）年の開園以来、二〇一六（平成二十八）年八月までの入所者の死亡者数は、山本さんを入れて二一三七人で、この納骨堂に納められた骨壺は一四三五口《こう》と聞いた。骨壺を包む箱の表には故人の名前と召天日が記されている。その棚の一角が空いているが、そこはこれから亡くなる方々のいわば「指定席」である。

私は長くかかわったこの島の詩人・塔和子さん（二〇一三年八月逝去）の納骨式をここで

牧師として司ったことがある。その時には山本さんも同席されていたが、その三年後に山本さんご自身が遺骨となって、「ここがわしの棲家じゃ」と言われた自作の骨壺に納められたのである。納骨堂内の一四三五人目の「指定席」が、八十三歳の人生を全うされた山本さんのラストステージとなった。

「現世《うつしよ》を脱《ぬ》けて無限を壺に棲む」と壺に刻まれた辞世の句を改めて考えた。前に（251頁）、大島青松園のモニュメント「風の舞」（納骨後の残骨を納めた円錐形の合同墓）に寄せた塔和子さんの「魂の園で／こころおきなく／この肉体から／解放されるために」と詠った「魂の園」という詩を紹介したが、「現世を脱けて」という山本さんの辞世の句も同じ意味だと思った。「肉体からの解放」とか「現世から脱する」という言葉は、ハンセン病療養所に隔離されて生きた方々にとっては特別な意味があると思う。「無限を壺に棲む」という「無限」とは、山本さんがやっと解放されて辿り着いた「永遠の棲家」という意味であろうか。「陶芸名人」に相応しい見事な人生の幕引きである。改めてこころからの哀悼の意を表したい。

（「多磨」２０１６年11月号）

# 教会生活に救われて――高山勝介さんを偲んで

カーンカーンカーン……。多磨全生園にある秋津教会の礼拝が始まる十分ほど前になると、玄関頭上にある鐘が鳴る。下で綱を引き、鐘を鳴らす人は教会員の高山勝介さん。鐘が鳴り終わると、やがて礼拝堂のオルガンの前奏が始まる。

その高山勝介さんが亡くなられた。二〇一八(平成三十)年八月三日、九十一年の生涯を静かに終えられた。私は訃報を大阪の自宅で聞いたが、遠方のため六日に行われた葬儀には出席できなかった。秋津教会の訪問牧師として、毎月一回礼拝説教のために伺っている私は、寿美枝夫人宛に弔電を送った。

葬儀は全生園会堂で、好善社の三吉信彦代表理事の司式で行われた。親しくされていた大勢の入所者や外部の人々が参列され、涙を流されていた方が多数おられたことも印象的で、高山勝介さんの存在の大きさをあらためて実感したと、参列した好善社社員から聞いた。

高山さんのご生涯については、二〇一一（平成二十三）年二月に国立ハンセン病資料館企画展の際に発行された図録『高山勝介作陶展』と、二〇一五年に多磨全生園自治会と東村山市から発行された『いのちの森に暮らす』に紹介されている。

高山さんは、一九二六（大正一五）年十二月七日に、五人兄弟の長男として東京の中野で生まれた。早くに父を亡くし、母と兄弟で生活していたが、学校卒業後時計工場に就職。戦後、十九歳の時にハンセン病を発病、一九四六（昭和二十一）年に多磨全生園に二十一歳で入所した。一九五〇（昭和二十五）年一月、裁縫部で働いていた寿美枝さんと結婚、二歳上の年上女房だった。冊子に掲載されている当時のお二人の若々しいツーショット写真が素晴らしい。また、『いのちの森に暮らす』に六頁にわたって掲載された高山夫妻の写真も、六十五年の結婚生活の円熟した夫婦愛が滲み出ていると思った。

高山さんの人生における三つの柱は、「教会と陶芸と野菜作り」だったと伺った。もともとは仏教（真宗）だったが、一九五五（昭和三十）年に結核で入室した折にカトリックの方の影響を受けて、当時の秋津教会の貴山栄牧師から洗礼を受けてクリスチャンになった。それからは寿美枝夫人と教会生活一筋の生活が続いた。教会では役員として、また聖歌隊のメンバーとして、教会代表の藤田謹三さんと共に教会を支える大切な存在だった。

「教会生活が生き甲斐。教会があったから私たちは救われた」と言われる。

高山さんのもう一つの生き甲斐は陶芸だった。作陶のきっかけは、後遺症から視力を落とした時と重なる。陶芸活動の先輩から「目が見えなくても土に親しむことで、気分が晴れる」と誘われ、その時から作陶にのめりこむようになった。同時に、全国の窯場見学のために夫人と旅を重ねて視野を広めた。一九九七年には園外の「陶芸財団展」に出品、二〇〇四年には島根県立美術館で「多磨全生園陶芸教室五人展」を開催した。そして、作陶三十年の集大成が、二〇一一年に国立ハンセン病資料館で企画展示された「高山勝介作陶展」だった。既に他人に譲っていた作品も集められ、陳列された大小五十二の作品が光り輝いていた。「物ができる。土から形になるっていう。それだけで、満足している。恰好がどうであれ、自分が作ったものを持っててくれる。それが心の支えになっているということですよね」(作陶展図録より)

結婚してから野菜作りを積極的に行うようになったが、畑仕事は陶芸と同様「土」との出合いだったのだろう。住居棟や園内の共同畑で野菜作りに精を出した。収穫物は寿美枝夫人が料理して園内の友人に食べてもらった。私も秋津教会の礼拝後に、手作りの料理を何度もいただいたが、中でも胡瓜の漬物の味は格別だった。

高山夫妻の人望は、園内だけでなく社会の多くの人たちに広がっていた。私自身も阪神淡路大震災、妻の死、骨折による入院の際など、個人的にも大変お世話になった。一九九一年五月三日、東京新宿区のアバコブライダルホールで行われた、好善社社員の加藤裕司さんと同じく社員乗圭子さんの娘さん万紀子さんの結婚式の仲人をされた。


入所生活七十二年の高山さんの人生は、平坦な時ばかりではなかった。とりわけ虹彩炎や緑内障、白内障など目を病んだ時は悶々とした生活が続いた。一時は回復の兆しがあったが、三十年ほど前から徐々に状態は悪化し、晩年には失明された。しかし、夫婦ともに人生の終焉を迎えても、「ここ（療養所）にいると、ちゃんとお世話してくださることで全く心配はありません」と言われていた。

私は今、次の聖書の言葉に高山さんの人生を重ねている。「わたしたちは、この宝を土の器の中に持っている」「たとい、わたしたちの外なる人は滅びても、内なる人は日ごとに新しくされていく」「わたしたちは、見えるものにではなく、見えないものに目を注ぐ。

見えるものは一時的であり、見えないものは永遠につづくのである」（口語訳新約聖書コリント人への第二の手紙四章）。陶芸という「壺作り」が生き甲斐だった高山さんは、その中に何を盛ろうとされたのだろうか。空っぽの壺に見えても、きっと目に見えない宝物が入っていたのだろう。教会で歌う讃美歌で、高山さんの愛唱歌は第二編の一番だった。その一節と二節を味わってみたい。

こころを高くあげよう。／主のみ声にしたがい、
ただ主のみを見あげて、／こころを高くあげよう。

霧のようなうれいも、／やみのような恐れも、
みなうしろに投げすて、／こころを高くあげよう。

高山さんが歌う人生の応援歌のように思えてきた。私もこの讃美歌を歌いながら、改めて高山勝介さんを天に送りたい。

（「多磨」２０１８年11月号）

# 聞こえてくる音——南龍一さんの「野辺の送りの今昔《いまむかし》」を読んで

「楓」誌の今年(二〇一五)七・八月号に掲載された南龍一さんの文章「野辺の送りの今昔」を読んだ。南さんの文章は、今年発行の一・二月号「園内語(上)」、三・四月号「園内語(下)」、「園内通貨『駒』」と連載されており、当事者でなければ書けないハンセン病療養所内での貴重な体験と種々の事象を紹介して頂き、療養所生活の実態を知ることが出来た。南さんの文章表現の巧みさがあり、とても興味深く読んだ。

ハンセン病療養所内で行われてきた「解剖実態」の説明を、まるで「動画」を見ているような感じで読んだ。二〇一〇(平成二十二)年に、大島青松園で海岸に捨てられていた解剖台が引き上げられたことがあった。約二十五年前に捨てられていた解剖台は一部が破損し、貝殻が一杯ついていたが、ほぼ原形を保っており、「何百人という人が、この解剖台に乗せられて旅立った。どういう歴史があったのかを感じてほしい」と、当時の入所者自治会長山本隆久さんの話を聞いたことがある。そして園内に展示されたその解剖台を見て、そこで行われた出来ごとを想像していた。

南さんの文章はある意味でいきいきとしていて、大島青松園で見た解剖台の実物の記憶と重なって、解剖の場景がよりリアルに浮かんできた。とりわけ印象的なのは、文中に繰り返して表現された「聞こえてくる音」である。カタカナで表現されたその例をいくつか挙げてみると、次のような具合である。

「曇りガラスの付いた引き戸の前で足を止め、鍵を外して重い戸を開けると、ギィギィッと錆ついた音がする」

「死者の両脇一つずつ、頭部に一つ、足元に一つの氷を入れ、ふたを元通りにして冷蔵室に納めた。再び、ギィギィーッと錆ついた音が聞こえる」

「やや屈んだ足が棺からはみ出してしまい、ふたにつかえるので、仕方なしに一人が膝の脚の関節をぐいと押した。その時、ボキッと物がおれるような音がした」

「申し訳ない気がして急いで病室から運び出すと、長い廊下をガラガラと台車を引いて解剖室へと向かった」

「一時《いっとき》すると、『ドスン』と鈍い音がする。続いて、ざわざわと人の気配を感ずると同時に張りつめた空気が一変した。石の上を引きずるように重たい塊を動かすと、いよいよ解剖が始まったのである」

「『カンカン、ゴリゴリ、キンカラ、カンカラ』と、まるで大工仕事をしているように、のこぎりをひくような、金槌を打つような物音が解剖室からここまで聞こえてくる。その合間に、笑い声がする。『カンカン、ゴリゴリ』、『うふふ、あはは』……『キンキン、カンカラ』『きゃはは、えへへ』……」

遺体を解剖室に運ぶ様子、解剖室で行われている解剖の様子が、巧みな著者の「音」を用いての表現によって、手に取るように想像できる。「まるで大工仕事をしているかのような」のこぎりと金槌で骨を切断するその音は、何とも肌寒く私の想像力を凍らせてしまう。入所者は入所時に「解剖承諾書」にサインと捺印を強いられていて、有無を言わさずに解剖されたが、いったい何のための解剖だったのか。園長と患者たちとの大論争があり、園長がその理由を「生前の診断や処置の検証のため」などと説明しているが、その態度はきわめて上から目線の高圧的な感じがする。

そしてもっと驚いたことは、解剖中に「笑い声がした」ということである。「死者に対して失礼ではないか」という患者の申し入れに対して、園長は「極度の緊張をほぐすために、冗談を飛ばして面白い話をする。ふざけてはいない」と答えている。この文章のくだりを読んでいて、塔和子さんの「嘔吐」という詩を思い出した。

台所では
はらわたを出された魚が跳るのを笑ったという
食卓では
まだ動くその肉を笑ったという
ナチの収容所では
足を切った人間が
切られた人間を笑ったという
切った足に竹を突き刺し歩かせて
ころんだら笑ったという

ある療養所では
義眼を入れ
かつらをかむり
義足をはいて
やっと人の形にもどる
欠落の悲哀を笑ったという
笑われた悲哀を
世間はまた笑ったという
笑うことに
苦痛も感ぜず
嘔吐ももよおさず
焚火をしながら
ごく
自然に笑ったという

（詩集『聖なるものは木』より）

大島青松園で使われていたコンクリート製の解剖台。

人間の本質を鋭く突いたこの詩は、直接ハンセン病という表現はないが、強制隔離を国策とした「らい予防法」の非人間性を糾弾している。その強い思いを感傷的に述べるのではなく、客観的に抽象化しているところに説得力がある。「笑ったという」という表現を七回繰り返しているが、悲しみや痛みと向き合いながら、そのことに「苦痛も感ぜず　嘔吐ももよおさず……笑ったという」人間の無神経さ。他人の理不尽な出来事を、まるで楽しむかのように笑いながら見ている人間の恐ろしい本性を、塔和子は鋭く衝いている。

　解剖室から聞こえる金属音、それらを操る医療者の緊張をほぐすための冗談や笑い声とともに、人間の尊厳が切り刻まれている。それらの行為がたとい課せられた職務であったとしても、そのようなハンセン病患者をめぐる歴史的な事実を知らされて、私は思わず背筋が寒くなった。もちろんこの状況は後に改善されて公共施設で行われるようになったが、療養所の入所者による赤裸々な証言を伺って、改めてハンセン病療養所の実態を知らされた。療養所で起こった強制隔離、解剖承諾書、断種、堕胎、胎児標本、解剖、納骨堂、いずれも入所者のいのちにかかわる負の出来事である。

南さんが文章の最後に記した「聞こえてくる音」は、ヒグラシの鳴き声だった。「カナカナ、カナカナ」という鳴き声を聞きながら、友人の亡骸に手を合わせ、野辺送りをする風景が浮かんでくる。そして、あの解剖室で聞こえていた「カンカン、ゴリゴリ、キンカラ、カンカラ」という音が、「カナカナ、カナカナ」というヒグラシの鳴き声と共鳴して、不思議な思いに導かれる。南さんの文章の締めくくりはこうである。

「葬儀に集まった人の去った後、ただ、ただどこからか響くヒグラシの鳴き声だけが島の並木道に響き、物悲しく聞こえていた」

長島に棲む蝉たちは、きっとこのようにして囲いの中から解き放たれた人たちの最期を見送ってきたのだろう。その声は、どんな状況に置かれた人たちにも奪われることがない魂の尊厳をうたったと思いたい。

（「楓」２０１５年11・12月号）

*

# 川崎正明　自筆年譜

**一九三七年**（昭和十二年）　当歳
二月十日　兵庫県加東郡滝野町高岡にて、父・宇三郎、母・てるゑ、三人兄弟の三番目（次男）として生まれる。

**一九四三年**（昭和十八年）　7歳
四月　滝野町立高岡小学校入学。六年生時、右大腿骨骨髄炎を患い、青野ケ原病院に入院手術、その後入退院を繰り返す。

**一九四九年**（昭和二十四年）　12歳
四月　滝野町立滝野中学校入学。中学二年生頃までは、足の病気の治療のため通院が続く。

**一九五〇年**（昭和二十五年）　13歳
日本イエス・キリスト教団西脇教会分校「火曜学校」（滝野町河高）に出席。

**一九五二年**（昭和二十七年）　15歳
四月　兵庫県立社高校入学。

**一九五三年**（昭和二十八年）　16歳
五月二十四日　日本イエス・キリスト教団西脇教会神原祐蔵牧師より、加古川にて六人の同級生と共に洗礼（浸礼）を受け、クリスチャンとなる（高校二年生）。

一九五五年（昭和三十年）　18歳

四月　関西学院大学神学部入学。神学部学生寮「成全寮」入寮、六年間を過ごす。

一九五九年（昭和三十四年）　22歳

三月　関西学院大学神学部卒業。

四月　関西学院大学大学院修士課程入学。

一九六一年（昭和三十六年）　24歳

三月　関西学院大学神学部修士学位記授与式（修士課程修了）。神学修士となる。

四月　日本キリスト教団芦屋山手教会担任教師就任（伝道師）。

一九六三年（昭和三十八年）　26歳

三月　田井克子《よしこ》（甲陽幼稚園教諭）と結婚。

一九六四年（昭和三十九年）　27歳

三月十一日　長男「基生《もとお》」誕生。この年、東京オリンピック。

六月、十月　右大腿骨骨髄炎再発により、神戸掖済会病院に二度にわたって入院手術。

一九六五年（昭和四十年）　28歳

十月　日本キリスト教団正教師検定試験合格。

十二月七日　日本キリスト教団正教師として按手礼を受ける。

一九六六年（昭和四十一年）　29歳

四月　芦屋山手教会を辞し、日本キリスト教団五軒邸教会（姫路市五軒邸）主任担任教師として就任。

**一九六七年**（昭和四十二年）　30歳

一月七日　兄・義美、死去。三十七歳。

**一九六八年**（昭和四十三年）　31歳

四月二十六日　国道二号線でバイク走行中に交通事故に遭い（被害者）、左足関節負傷、姫路日赤病院に十日間入院。

五月二十日　長女「美香」誕生。

**一九七〇年**（昭和四十五年）　33歳

六月　五軒邸教会を辞し、関西学院中学部宗教主事に就任。

**一九七三年**（昭和四十八年）　36歳

四月　日本キリスト教団西脇みぎわ教会（前滝野教会）牧師（代務者）就任（一九九〇年三月まで継続）。

**一九七四年**（昭和四十九年）　37歳

十一月二十九日　関西テレビ番組「ザ・タカラヅカ」に牧師役として出演。

**一九七七年**（昭和五十二年）　40歳

四月　「教師の友」（月刊・日本キリスト教団出版局）に、教会学校分級教案（カリキュラム）を一年間執筆。

七月三十～八月十九日　聖地旅行（イスラエルなど六カ国）に参加（キリスト教学校教育同盟中高聖書科教師研究会）。

**一九八〇年**（昭和五十五年）　43歳

二月十四日　西宮市仁川町六丁目六――十二に新

住宅竣工。

**一九八一年**（昭和五十六年）　44歳
四月二十日　父・宇三郎、死去。八十三歳。

**一九八二年**（昭和五十七年）　45歳
一月二十四日　母・てるゑ、死去。七十二歳。
十二月　『旧約聖書を読もう』を出版（日本キリスト教団出版局）。

**一九八三年**（昭和五十八年）　46歳
八月　関西学院中学部インド親善訪問旅行。引率団長として参加（以後、一九八八年、一九九一年の二回同行）。

**一九八四年**（昭和五十九年）　47歳
八月　好善社主催ワークキャンプに初めて参加（於・国立療養所東北新生園）。

**一九八五年**（昭和六十年）　48歳
十二月　社団法人好善社に入社（社員）。

**一九八六年**（昭和六十一年）　49歳
七月　国立療養所大島青松園を初めて訪問。キリスト教霊交会礼拝説教。

**一九八七年**（昭和六十二年）　50歳
二月七〜八日　大島青松園訪問。霊交会礼拝説教。入所者の詩人・塔和子に初めて会う。
八月十八日〜十一月六日　全国十三カ所の国立（ハンセン病）療養所を訪問。園内二十九のキリスト教会と交流。

**一九九〇年**（平成四年）　53歳

九月七日　兵庫県高齢者生きがい創造協会・いなみ野学園地域活動指導者養成講座で講義「かかわりを求めて―奉仕のこころ」（以後、二〇一〇年まで二十年間継続）。

**一九九一年**（平成三年）　54歳

八月十二日　バイク交通事故（自転車と接触）。左鎖骨と肋骨四本を骨折、西宮三好病院に十三日間入院。

**一九九四年**（平成六年）　57歳

三月　『いい人生、いい出会い―かかわりを求めて』を日本キリスト教団出版局から出版。

**一九九五年**（平成七年）　58歳

一月十七日　阪神・淡路大震災発生。自宅と家族は無事。

四月　『旧約聖書を読もう』改訂新版発行。

**一九九六年**（平成八年）　59歳

四月より「こころの友」（日本キリスト教団出版局発行月刊新聞）に、エッセイ「いい人生、いい出会い」を執筆。一九九九年三月まで二年間連載される。

四月九日　朝日新聞「声」欄に「らい予防法廃止」に関して「人権侵害の法律再びつくるな」を投書、掲載される。

**一九九八年**（平成十年）　61歳

十一月五日　好善社理事長・藤原偉作氏逝去。修学旅行中（引率）の長崎より弔電を打つ。

**一九九九年**（平成十一年）　62歳

二月四日　関西学院構内道路にてバイク自損事

故。右骨盤骨折で尼崎中央病院に七十一日間の入院。

三月十九日　塔和子が詩集『記憶の川で』で、第二十九回高見順賞を受賞。授賞式が東京のエドモントホテルで行われたが、入院中のため出席できず。

十月　塔和子詩選集『いのちの詩』出版（発行・編集工房ノア）。編集を河本睦子、長瀬春代、石塚明子、川崎が担当。

**二〇〇一年**（平成十三年）　64歳

二月十二日　社団法人好善社理事に就任。

四月　聖和大学非常勤講師。「宗教科教育法」及び「特別活動内容論」を担当。二〇〇六年三月まで継続。

**二〇〇二年**（平成十四年）　65歳

三月三十一日　関西学院（中学部）定年退職となる。一九七〇年から二〇〇二年までの三十二年間の勤務終了。

四月十四日　妻・克子、卵巣がんで召天。六十歳。四月十六日、日本キリスト教団甲子園教会で葬儀。

四月　学校法人武庫川幼稚園園長に就任（二〇〇五年まで）。

**二〇〇三年**（平成十五年）　66歳

三月　塔和子ドキュメンタリー映画「風の舞―闇を拓く光の詩」完成。監督・宮崎信恵、詩の朗読・吉永小百合。作品の一部に出演。

三月三十一日　『関西学院大学人権研究』（七号）に、「人間回復の道程―日本におけるハンセン病問題をめぐって」を執筆。

四月十二日　妻・克子納骨式。西宮市山口町の

白水峡公園墓地。墓石に旧約聖書伝道の書三章十一節の聖句「神のなされることは皆その時にかなって美しい」を刻む。

**二〇〇四年**（平成十六年）　67歳

二月　『塔和子全詩集』（全三巻・編集工房ノア）第一巻発行。第二巻は二〇〇五年、第三巻、二〇〇六年発行。全三巻の編集に携わる。

**二〇〇六年**（平成十八年）　69歳

三月二十六日　大島青松園訪問。『塔和子全詩集』（全三巻）第三巻が完成し、塔和子を囲んで出版を祝う。同行者・河本睦子、涸沢純平、長瀬春代、石塚明子、元永理加、井土一徳さん。この日「塔和子の会」を立ち上げる。

十二月　『深い淵の底から—愛する者の死』が日本キリスト教団出版局から発行。十一人の共著で、亡き妻のメモリーとして「あなたが側にいるだけでいい」を執筆。

**二〇〇七年**（平成十九年）　70歳

三月十日　ABCラジオ「ニュース探偵局」に出演。ハンセン病問題と塔和子詩碑建立について話す。

四月十五日　愛媛県西予市明浜シーサイドサンパークに建立された「塔和子文学碑除幕式」に出席。全国の読者たち約三五〇人が出席。「塔和子の会」関係者十二名が参加した。

五月　『ステッキな人生』を日本キリスト教団出版局から出版。

**二〇〇八年**（平成二十年）　71歳

四月二日　西予市明浜町大崎鼻公園で行われた「塔和子第二文学碑除幕式」に出席。「塔和子の会」から七名が出席。
六月十日　塔和子詩選集『希望よあなたに』を編集工房ノアより出版（文庫判）。編集を長瀬春代、石塚明子と川崎が担当した。

二〇〇九年（平成二十一年）　72歳
一月十一日　邑久光明園家族教会一〇〇周年記念礼拝・記念会に出席。好善社から六名が参加。
四月三十日　俳優の吉永小百合さんが塔和子訪問。高松港より同行する（同行者・宮崎信恵、涸沢純平、河本睦子、長瀬春代）。
十月十六日　朝日（ABC）ラジオ放送「ニュース探偵局」に出演。「ハンセン病問題について」

二〇一一年（平成二十三年）　74歳
三月　「ふれあい文芸」（公益社団法人日本科学技術振興財団）に投稿「納骨堂よ、どこへ行く」が掲載。
五月十一日〜六月二十六日　「塔和子展」開催。於・国立ハンセン病資料館。主催＝塔和子の会・国立ハンセン病資料館。テーマ「いのちの詩（うた）―塔和子展」。期間中、延べ約二千人が参加。

二〇一二年（平成二十四年）　75歳
四月　芦屋市人権教育推進協議会役員となる（二〇一七年五月まで）。
八月二十日　東北新生園入所者・牧実さん逝去。八十二歳。二十二日の葬儀に出席。
十一月二十三日　大島青松園入所者・曽我野一美さん逝去。八十五歳。二十五日、大島会館で行われた葬儀に出席。

二〇一三年（平成二十五年）　76歳

一月十六日　西日本放送（RNC）島島ラジオに出演、塔和子の詩について語る。

二月一日　豊中市に於いて段差に躓き右大腿骨骨幹部骨折で入院・手術。五月退院の予定がリハビリ中の事故により再度やり直しの手術。結果的にそれぞれ二度にわたって豊中渡辺病院（七十四日）と千里リハビリテーション病院（一四八日）の計二二二日（七カ月半）の入院を余儀なくされた。

六月一日　姉・貴栄子、死去。満七十八歳。

八月二十八日　大島青松園の塔和子が急性呼吸不全で死去。満八十三歳。園内の協和会館で二十九日前夜式、三十日告別式。入院中のため出席できず、病院から弔電を送る。

九月五日　朝日新聞「声」欄に投書、「塔さんの希望の詩は広がる」として掲載される。

九月七日　四国新聞に「詩人・塔和子さんを送る」の追悼記事が掲載。

十一月三日　「塔和子の会」が、「塔和子さんを偲ぶ会」を園内の大島会館で開催、代表として式辞を述べる。一三〇人が参加した。

二〇一四年（平成二十六年）　77歳

二月二十日　西宮市仁川町から、大阪府豊中市東泉丘三丁目のシーアイハイツ千里桃山台に転居。パートナー、山本和子さんと共同生活を始める。

三月十七日　西予市明浜町田之浜の井土家墓に、塔和子の遺骨が、本名井土ヤツ子で分骨される。親族など関係者三十数名が参加。分骨式を司る。

六月一日　塔和子の会が、詩人・塔和子追悼集『いのちを紡ぐ』を発行。

七月二十日　大島青松園にキリスト教霊交会の

最終回礼拝説教。一〇一年続いた霊交会の礼拝は、この日で中止となった。

八月三十日　「塔和子さんを偲ぶつどい」が、西予市・西予市教育委員会・塔和子ふるさとの会主催で開催。三二〇人が参加。塔和子の会から三名が参加。

十一月十一日　大島青松園キリスト教霊交会一〇〇周年記念礼拝・記念会に出席。

二〇一五年（平成二十七年）　78歳

一月十二日　「日本経済新聞」文化蘭に、「元ハンセン病詩の花清ら」—療養所で70年を過ごした塔和子と深い縁、顕彰活動—の記事が掲載。

二月十七日　大島青松園の東條康江さん逝去。八十二歳。十九日に園内の協和会館で行われた葬儀に参加。

四月八〜九日　滝野中学同窓会。於・ホテルグリーンプラザ東條湖。今回を最終回とする。

九月　多磨全生園自治会機関紙「多磨」（月刊）に、連続エッセイ「人生の並木道」を掲載（二〇二〇年八月で六十回を数えている）。

十二月三日　星塚敬愛園の恵生教会創立八十周年記念礼拝・記念会に出席。好善社より社員六名が参加。

二〇一六年（平成二十八年）　79歳

二月十日　『かかわらなければ路傍の人—塔和子の詩の世界』を、編集工房ノアから出版。

五月二十二日　『かかわらなければ路傍の人—塔和子の詩の世界』出版記念会が、大阪・新阪急ホテルで開催。七十八人が出席した。

七月十日　好善社から派遣されて、二〇〇八年より毎月一回協力している多磨全生園秋津教会の礼拝説教がこの日で一〇〇回を数えた。

二〇一八年（平成三十年）　81歳
三月　「ふれあい文芸」（公益財団法人日本財団）に投稿「近藤宏一詩集『あきの蝶』を読む」が掲載。
八月三日　多磨全生園入所者高山勝介さん逝去。九十一歳。六日葬儀。弔電を送る。
十一月十七日　好善社元理事長・藤原偉作氏没後二十年記念礼拝と記念会に出席。

二〇一九年（令和元年）　82歳
七月八日　邑久光明園入所者の金地慶四郎さん逝去。九十四歳。十日の葬儀に出席。
七月　邑久光明園自治会機関誌「楓」七・八月号（「楓」復刊二十周年特集）に寄稿、「風と海の中の群像」が掲載。
十二月　大島青松園創立一一〇周年記念誌の「アートがつなぐ島・人・未来」の項に、塔和子の写真と拙文「ただ木であることの美しさ―塔和子さんの詩に魅せられて」が掲載。

二〇二〇年（令和二年）　83歳
四月　新型コロナウイルス感染拡大のため、外出の自粛を余儀なくされる。多磨全生園の秋津教会礼拝も中止。
九月十三日（日）秋津教会が、リモートによるズーム礼拝を再開。遠方からの説教者として、豊中市の自宅からズームによって説教。
十月一日　同人文芸誌「火山地帯」創刊二〇〇号記念特集号にメッセージを寄稿・掲載。

（筆者自筆）

## 参考資料

『塔和子全詩集』（第一巻）　編集工房ノア　二〇〇四年
『塔和子全詩集』（第二巻）　編集工房ノア　二〇〇五年
『塔和子全詩集』（第三巻）　編集工房ノア　二〇〇六年
『いのちの森に暮らす―ハンセン病療養所多磨全生園のいま』　東村山市・多磨全生園入所者自治会　二〇一五年
『ハンセン病文学全集』（第四巻）記録・随筆　皓星社　二〇〇三年　（第七巻）詩二　二〇〇四年　（第十巻）児童作品　二〇〇三年
『金子みすゞ童謡集』（ハルキ文庫）　角川春樹事務所　一九九八年
『いのちを紡ぐ―詩人・塔和子追悼集』　塔和子の会　二〇一四年
藤田三四郎　『夕菅の祈り―偏見と差別解消の種を蒔く―』　新葉館出版　二〇一五年
津田せつ子　随筆集『曼珠沙華』　日本キリスト教団出版局　一九八二年
志樹逸馬詩集『島の四季』　（好善社／編者・小澤貞雄、長尾文雄）　編集工房ノア　一九八四年
杉山平一詩集『希望』　編集工房ノア　二〇一一年

沢　知恵『私のごすぺるくろにくる』新教出版社　二〇一六年
福井達雨『僕アホやない人間だ』柏樹社　一九七一年
江崎深雪　歌集『短歌とともに』二〇〇三年
桜木安夫（中山弥弘）句集『日照草』熊日情報センター　二〇〇七年
桜木安夫（中山弥弘）句集『花すみれ』熊日情報センター　二〇一〇年
坂井春月　歌集『ナナカマド』（発行者・高橋君子）二〇一二年
坂井春月　歌集『続 ナナカマド』（発行者・高橋君子）二〇一六年
星野富弘　詩画集『鈴の鳴る道』偕成社　一九八六年
沢田五郎　歌集『その木は這わず』皓星社　一九八九年
上野正子『人間回復の瞬間《とき》』南方新社　二〇〇九年
金地慶四郎『どっこい生きてるで—五十年の隔離の時を越えて』一九九〇年
渡辺正夫「晴見町だより」46　二〇一六年四月五日
川崎正明『いい人生、いい出会い』日本キリスト教団出版局　一九九四年
川崎正明『かかわらなければ路傍の人—塔和子の詩の世界』編集工房ノア　二〇一六年
「火山地帯」文芸誌・火山地帯社
「多磨」国立療養所多磨全生園入所者自治会
「青松」国立療養所大島青松園協和会（二〇一三年三・四月号）

「新生」　国立療養所邑久光明園楓会（自治会）（二〇一二年十二月号）同（二〇一九年三月号）
「楓」　国立療養所邑久光明園入所者自治会（二〇一五年十一・十二月号）

# あとがき

三十六年前の一九八四年に、私は宮城県にある国立療養所「東北新生園」に行く機会を得た。ハンセン病とかかわる活動を続けている公益社団法人「好善社」が、そこで実施したワークキャンプに参加した。これが私のハンセン病との初めての出会いだったが、その後好善社の社員となり、全国十三カ所にある国立ハンセン病療養所を訪問し、入所者の方々と交流してきた。本書は、主としてそのハンセン病療養所につながる二つの冊子に書いているエッセイをまとめたものである。

ひとつは、東京都東村山市にある国立療養所「多磨全生園」の入所者自治会が毎月発行している機関誌「多磨」である。二〇一五年六月から「人生の並木道」というシリーズでエッセイを執筆し、今年八月号で連載五年（六十回）を数えている。もうひとつは、鹿児島県鹿屋市で発行されている文芸誌「火山地帯」で、一九五八年に鹿屋市にある国立療養所「星塚敬愛園」入所者の故・島比呂志さんが主宰し創刊した同人文芸誌で六十二年も続き、今年十月に創刊二〇〇号を発行。私は一九九〇年（八十一号）から賛助同人となり、その後エッセイを投稿している。

島比呂志さんは、文学とは「宛名のない手紙」であり、その手紙を読んでもらうために原稿が活字になると言われた（『片居からの解放』）。島さんの言葉にあやかって言えば、本書も私の手紙のようなものと言える。そのモチーフはハンセン病療養所とのかかわりの中で出会い、体験したことが多いが、私なりの思いをありのままに綴ったつもりである。

本書の出版に際して、「火山地帯」編集兼発行人の立石富生さんと「多磨」編集委員会のご承諾をいただき感謝している。そして特筆したいことは、私が属する公益社団法人好善社が、今年度の広報啓発活動の事業として企画、本書の出版が実現したことである。また、好善社社員のみなさんからの励ましが、執筆のエネルギーとなった。こころから感謝したい。編集工房ノアの涸沢純平さんには、適切なアドバイスとご協力をいただき、私の背中を強く押してくださった。深くお礼を申し上げたい。

最後に、すでに天に召された全国のハンセン病療養所のみなさんのご冥福を祈り、また、終焉期のただ中にある療養所在住のみなさんの安らかな日々をこころから祈りたい。

二〇二〇年九月　　　　川崎正明

# 公益社団法人好善社について

一八七七（明治十）年、アメリカから派遣された教育宣教師ケート・M・ヤングマンと現在の女子学院の前身校の学生十人により、「キリストの精神をいかに社会的に実践するか」を活動の精神としたボランティア活動として発足した。その後、ハンセン病を病む一人の女性と出会い、一八九四（明治二十七）年に、東京都目黒に私立病院「慰廃《いはい》園《えん》」を設立し、ハンセン病患者に対する伝道と医療に従事した（一九四二年解散）。戦後は、国立ハンセン病療養所内の教会堂の建設、全国学生社会人ワークキャンプの実施などの事業を行った。また、国内の療養所を積極的に訪問、入所者との交流を続けている。

一九八〇年から八年間、台湾の医療伝道に協力。一九八二年からは、タイ国のハンセン病事業に協力、姉妹団体チャンタミット社設立を支援、経済的な協力を現在も継続している。また、一九九〇年より二〇一九年まで、阿部春代社員（看護師）をタイ国東北部の県立病院に派遣した。二〇〇五年から日・タイ青少年ワークキャンプをタイ国で開催、十五回を数えている。

人生《じんせい》の並木道《なみきみち》
——ハンセン病療養所の手紙

二〇二〇年十二月一日発行
著　者　川﨑正明
発行者　涸沢純平
発行所　株式会社編集工房ノア
〒五三一—〇〇七一
大阪市北区中津三—一七—五
電話〇六（六三七三）三六四一
FAX〇六（六三七三）三六四二
振替〇〇九四〇—七—三〇六四五七
組版　株式会社四国写研
印刷製本　亜細亜印刷株式会社

ISBN978-4-89271-341-5